April Dawson
PICK THE BOSS
Liebe ist Chefsache

Die Autorin

April Dawson ist eine »heiße« Entdeckung aus dem Kreise der Autoren von LYX-Storyboard. Sie lebt mit ihrer Familie in Kematen, Österreich. Sie hat bereits 10 Jahre Schreiberfahrung und verfasst am liebsten romantische Bücher verpackt mit einer Spur Action, ein wenig Drama, einem Schuss Humor und viel Gefühl.

APRIL DAWSON

PICK THE BOSS

Liebe ist Chefsache

Vollständige ePub-to-Print-Ausgabe des in der Bastei Lübbe AG erschienenen
eBooks „PICK THE BOSS – Liebe ist Chefsache" von April Dawson

LYX.digital in der Bastei Lübbe AG

Copyright © 2016 by Bastei Lübbe AG, Köln

Redaktion: Stephanie Röder
Umschlaggestaltung und Artwork © Birgit Gitschier, Augsburg
unter Verwendung von Motiven von shutterstock/Sfio Cracho
und shutterstock/fuyu liu

Satz: readbox publishing, Dortmund
Druck: Books on Demand GmbH, Norderstedt

ISBN 978-3-7363-0489-5

www.lyx-verlag.de
www.luebbe.de
www.lesejury.de

KAPITEL 1

Emma

Es ist so weit. Nach jahrelangen Bemühungen und harter Arbeit habe ich mein berufliches Ziel erreicht. Stolz lasse ich den Blick zur Bühne schweifen, wo eine füllige Frau mit schneeweißem Haar und britischem Akzent von meinen Erfolgen in der Marketingbranche berichtet. Ich erhalte den *Lady of the Year Award*. Normalerweise wird er Schauspielerinnen, Sängerinnen oder anderen Prominenten verliehen. Ein Grund mehr, mich geehrt zu fühlen.

»Und nun bitte ich um einen riesigen Applaus für die Frau der Stunde. Unsere diesjährige ›Lady of the Year‹: Emma Reed!«, sagt sie in ihrem schwarzen Hosenanzug und beginnt, euphorisch zu klatschen.

Mit einem strahlenden Lächeln, das locker einem Model aus der Zahnpastawerbung Konkurrenz machen könnte, erhebe ich mich in einem burgunderroten Designerkleid, das mir auf den Leib geschneidert ist. Mein brünettes Haar, das mir sonst bis zur Brust fällt, ist hochgesteckt und würde wie in einer Haarspraywerbung sogar einem Orkan standhalten. Alles ist perfekt, die Deko, die Gäste und der Award, der die Form einer gläsernen Aphroditestatue hat.

Mit gestrafften Schultern und breitem Grinsen betrete ich die Bühne, gleite elegant zum Rednerpult, das ebenso aus Glas gefertigt ist. Bevor ich allerdings sprechen kann, fangen sämtliche Veranstaltungsgäste lauthals an zu lachen.

Völlig verwirrt runzle ich die Stirn, bis ich aus einer Eingebung heraus meinen Blick senke. Entsetzt muss ich feststellen, dass ich nicht länger den Traum eines Abendkleids trage, sondern einen Pyjama. Als wäre das nicht schon schlimm genug, ist es ausgerechnet der pinke Schlafanzug mit den rosa Kätzchen darauf, dazu die quietschgelben Häschenpantoffeln. Nicht gerade ein Outfit, mit dem ich einen der Top-Designer überzeugen könnte, mich zu seiner nächsten Muse zu ernennen.

Den Tränen nahe mache ich kehrt und versuche zu flüchten. Doch ich wäre nicht ich, wenn ich nicht noch einen drauflegen würde. Drei Stufen. Nur drei verdammte Stufen werden mir zum Verhängnis. Ich stolpere über meine eigenen Füße und falle auf den glatt polierten Parkettboden. Der Aufprall übertönt sogar das schallende Gelächter. Mein Körper schmerzt, mein Kopf nimmt die Farbe einer überreifen Tomate an, und die Haare gleichen einer Katastrophe. Diese doofe, doofe Werbung! Von wegen, die Frisur hält!

Von der »Lady of the Year« werde ich degradiert zu Emma Reed. Keine erfolgreiche Marketingmitarbeiterin, sondern lediglich eine junge Frau, die versucht, mit einem Job in einem Coffeeshop über die Runden zu kommen. Mein Körperbau gleicht auch nicht dem einer knallharten Geschäftsfrau, die in Filmen meist schlank dargestellt werden, sondern eher einer Frau mit ein paar Pfündchen mehr auf den Rippen. Ich bin Emma Reed, eine Frau mit Hang zu Dramatik, Schokoladensucht und Tollpatschigkeit.

Mit einem kurzen Schrei öffne ich die Augen und starre an die Schlafzimmerdecke. Mein Kopf schmerzt und zwingt mich, die Lider erneut zu schließen. Das Gelächter aus meinem Traum hallt mir noch im Schädel nach.

»Was für ein Albtraum!«, stöhne ich und zische laut auf. Ein hämmernder Schmerz erfüllt meinen Kopf. Ich vergrabe meine Hände in den Haaren und versuche, die Ursache für diese Qualen zu finden. Mein Erinnerungsvermögen lässt allerdings zu wünschen übrig, und mir fällt nichts anderes ein, als mir die Schläfen mit kreisenden Bewegungen zu massieren, um ihm auf die Sprünge zu helfen.

Wie sich auflösender Nebel kommen die Erinnerungsfetzen zurück. Gestern Abend war ich duschen, wollte früh ins Bett und habe mir mein Outfit für den heutigen Tag zurechtgelegt.

»Oh nein«, flüstere ich, nachdem ich weitere Puzzleteile zusammensetze.

Ich erinnere mich an den überglücklichen Aiden, der seine Promotion bestanden hat und mit mir feiern gehen wollte. Obwohl ich heftig protestierte, wickelte mich mein bester Freund um den Finger.

Das laute Schnarchen meiner Katze reißt mich aus den Gedanken, bis mir bewusst wird, dass ich gar keine besitze. Wie in Zeitlupe drehe ich mich um und starre auf einen mir unbekannten Mann. Ich schlucke, hebe die Bettdecke an und sehe meinen splitternackten Körper.

»Oh Gott«, hauche ich und presse mir vor Entsetzen beide Hände vor den Mund. Das sieht mir gar nicht ähnlich, einfach einen Wildfremden mit nach Hause zu nehmen.

Seine Gesichtszüge sind markant, dazu hohe Wangenknochen, heller Teint und schwarze Haare, die postkoital in alle Richtungen stehen. Er ist äußerst attraktiv, und sein nackter Oberkörper lässt mir das Wasser im Mund zusammenlaufen. Nicht, dass er ein übertriebenes Sixpack hätte, vielmehr verfügt er über feste Muskeln, die danach schreien, von mir berührt zu werden. Mit einem Mal ist die Erinnerung an vergangene Nacht wieder da, und ich sehe alles klar.

Die Glocke der Grundschule, die neben dem Apartment liegt,

läutet, und mein Herz rutscht mir in die Hose. »Verdammt noch mal, ich komme zu spät!«, rufe ich wie von Sinnen und werfe die Decke zu Boden. Die Armbanduhr zeigt mir mit drohenden Ziffern an, dass es bereits acht Uhr früh ist.

Eigentlich habe ich mir diesen Morgen ganz anders vorgestellt. Ich wollte um halb sieben aufstehen, gemütlich duschen, mich anziehen, frühstücken und mit Elan den Weg ins Büro antreten. Heute ist mein erster Arbeitstag, und anstatt fit und munter zu sein, habe ich Augenringe, stinke nach Alkohol, und mein Kopf fühlt sich an, als ramme mir jemand tausend Nadeln ins Gehirn.

Trotz aller Bemühungen verlasse ich gehetzt und viel zu spät die Wohnung. Der Fremde schnarcht noch immer in meinem Bett vor sich hin, doch in der Eile habe ich keine Zeit, mich mit einem zugegebenermaßen äußerst sexy One-Night-Stand auseinanderzusetzen.

Er wird schon selbst rausfinden; außerdem habe ich ihm noch schnell eine kleine Nachricht neben der Kaffeemaschine hinterlassen. Mein knallroter Cityflitzer blinkt mir einladend entgegen, nachdem ich ihn entriegelt habe. Hastig öffne ich die Tür und steige ein.

Ich trommle wild auf das Lenkrad und verfluche diesen Morgen. Ich bin bereits fünf Minuten zu spät und versuche mein Möglichstes, durch den dichten New Yorker Straßenverkehr zu rasen, was aber eher einem Spaziergang gleichkommt. Wütend schnaube ich, nachdem die Ampel auf Rot schaltet, bremse notgedrungen ab und fluche laut.

Vielleicht wird Mister Coleman wegen meiner Verspätung noch ein Auge zudrücken. Beim Bewerbungsgespräch wirkte er sehr freundlich.

Aber welche Ausrede soll ich benutzen?

»Sorry Boss, ich habe mich gestern volllaufen lassen und hatte heißen Sex mit einem Unbekannten«, wird wohl nicht besonders gut ankommen.

Coleman & Sons ist eine der renommiertesten Marketingagenturen New Yorks. Im Gegensatz zur Konkurrenz ist sie seit zwei Generationen ein reines Familienunternehmen. Aus den Medien weiß ich, dass Coleman Senior bald in Rente gehen und seinen beiden Söhnen Liam und Sean das Unternehmen übergeben wird. Mit Wehmut stelle ich fest, dass ich ab heute drei Vorgesetzte habe. Als wäre *ein* Boss nicht genug!

Die Ampel schaltet auf Grün. Erleichtert trete ich das Gaspedal durch. Wie aus dem Nichts ertönt ein lauter Knall und ich werde mit dem Auto im Kreis geschleudert.

Panisch kralle ich mich ans Lenkrad. Angst schnürt mir die Kehle zu und mein Puls schießt nach oben. Nachdem mein geliebter Flitzer zum Stehen kommt, sehe ich schwer atmend und völlig fassungslos aus dem Fenster. Ein schwarzer, überaus teurer SUV ist mir in die Beifahrerseite gefahren. Eigentlich sollte ich jetzt verängstigt oder erschrocken sein. Doch nur ein Gefühl erfüllt meinen Körper: Wut. Rasende, ätzende Wut! Der heutige Morgen ist der schlimmste Tag aller Zeiten! Nicht nur, dass ich bis in die Morgenstunden gefeiert, mit einem Fremden geschlafen und dann verschlafen habe. Nein, ich komme auch noch zu spät, sehe trotz Make-up total verkatert aus, und irgendein Vollidiot kann die Farbe Rot nicht von Grün unterscheiden.

»Das reicht!«, schnaube ich, schnalle mich ab und reiße die Autotür auf. Aus dem schicken Wagen steigt ein junger Mann im grauen Anzug aus und starrt mich entsetzt an.

»Oh mein Gott! Ist alles in Ordnung?«, fragt er sichtlich mitgenommen, doch für mich gibt es kein Halten mehr. Ich explodiere wie ein Vulkan; anstatt Lava spucke ich Schimpfwörter.

Wie von Sinnen haste ich auf ihn zu, baue mich vor ihm auf und funkele ihn böse an.

Na ja, es wirkt wohl eher lustig, denn er ist einen ganzen Kopf größer als ich, hat breite Schultern und sieht verdammt gut aus. Nun stehe ich hier vor diesem Fremden im exzellent geschnittenen Anzug, und auf einmal klopft mir das Herz bis zum Hals. Sein Haar ist strohblond, perfekt frisiert, und ein Dreitagebart ziert sein Gesicht, der ihn ungeheuer attraktiv macht. Mein Blick bleibt an seinem Oberkörper hängen, denn sogar durch den Stoff des Anzugs erkenne ich, dass er durchtrainiert ist. Plötzlich überkommt mich das Verlangen, ihm durch die Haare zu fahren, um herauszufinden, ob sie so weich sind, wie sie aussehen.

Was? Wie bitte? Wo kommen denn diese Gedanken her? Der Idiot ist, so heiß er auch sein mag, gerade in mein Auto gebrettert. »Sag mal, hast du sie noch alle, du Arsch? Bist du blind oder bist du einfach zum Spaß über Rot gefahren?«, schreie ich ihn heiser an. Na toll, eigentlich wollte ich gefährlich rüberkommen, doch es klingt wie die verzerrte Stimme eines Kinderspielzeugs.

Er runzelt die Stirn und hebt beschwichtigend die Hände. »Hören Sie, es tut mir leid«, sagt er mit seiner tiefen, sexy klingenden Stimme.

Sexy? Was ist denn nur los mit mir? Dieser Arsch hat mich gerammt und ich finde ihn attraktiv? Ich muss einen Hirnschlag haben, genau das muss es sein!

Er kommt auf mich zu, blickt mich besorgt an. Mit einem Mal ist er mir so nah, dass ich sein herbes Parfüm riechen kann. Ein wunderbarer Duft, der mich aus dem Konzept bringt. Ich bin versucht, die Augen zu schließen und tief einzuatmen. »Alles okay? Haben Sie sich den Kopf gestoßen? Ich rufe lieber einen Krankenwagen.«

Panik erfüllt mich, lässt mich scharf die Luft einziehen. »Jetzt muss ich mich auch noch mit einem sexy Anzugträger herumschlagen«, murmele ich vor mich hin.

»Wie bitte?«

»Ich habe nicht mit Ihnen geredet!«

Er hebt überrascht eine Braue. »Was war das mit dem sexy Anzugträger?« Er grinst mich schief an. Genießt er es etwa, mich in Verlegenheit zu bringen?

Was? Wie? Oh Mist, ich habe wieder laut gedacht! Nur nichts anmerken lassen. Ich hole tief Luft und wende mich ihm wieder zu. Ein Fehler, wie sich herausstellt, denn seine Augen sind so faszinierend, dass ich mich in den Tiefen der türkisen Iris verliere. *Komm schon Reed, reiß dich zusammen!*

»Hören Sie, ich komme an meinem ersten Arbeitstag viel zu spät. Geben Sie mir einfach Ihre Telefonnummer und wir besprechen alles Weitere später.«

»Wie Sie wünschen, aber soll ich nicht doch lieber einen Arzt rufen? Sie sehen fertig aus.«

Das bringt das Fass zum Überlaufen. »Mich interessiert Ihre Meinung nicht! Geben Sie mir endlich Ihre verdammte Nummer!«, zische ich mit zusammengebissenen Zähnen.

»Okay, okay. Wenn Sie mich *so* nett bitten.« Mit leicht amüsiertem Gesichtsausdruck greift er in sein Jackett und zieht eine Visitenkarte heraus.

Wutentbrannt kralle ich mir das Stück Papier, ohne einen Blick darauf zu werfen, und steige in mein verbeultes Auto.

Während der Fahrt, die Gott sei Dank ohne weitere Komplikationen verläuft, bekomme ich den attraktiven SUV-Fahrer nicht aus dem Kopf. Sein Lächeln war derart charmant, dass ich tatsächlich kurz vergessen hatte, sauer auf ihn zu sein.

Sein wohlduftendes Parfüm, dazu noch sein muskulöser Körper, den man durch den Anzug nur erahnen konnte. Doch was mich wirklich fesselte, waren seine warmen, türkisfarbenen Augen.

Ich schüttle schmunzelnd den Kopf und versuche, mich auf die Straße zu konzentrieren. Männer und ich, das hat bis jetzt immer zu einem gebrochenen Herzen geführt – meistens war es meins.

»Mister Coleman, es tut mir schrecklich leid, dass ich am ersten Tag zu spät komme. Ich hatte einen Autounfall!«, wimmere ich meinem Boss entgegen und drücke theatralisch auf die Tränendrüse. Seine Miene wandelt sich augenblicklich von verärgert zu besorgt.

»Oh mein Gott, Miss Reed, geht es Ihnen gut? Wieso sind Sie nicht im Krankenhaus?« Erleichtert stelle ich fest, dass er genauso reagiert, wie ich es von ihm erwartet habe.

»Mir ist nichts passiert, Sir. Ich kann arbeiten, ich wollte mich nur persönlich bei Ihnen für die Verspätung entschuldigen.«

Sein kurzes Haar ist schneeweiß, er hat eine schlanke Statur und warme blaue Augen. Der Körper ist vielleicht vom Alter gezeichnet, doch sein Geist ist lebendig, strahlt Autorität aus. Er tätschelt mir väterlich den Rücken. »Danke, mein Kind. Ich bin froh, dass Ihnen nichts weiter zugestoßen ist. Es trifft sich sogar gut, dass Sie in mein Büro gekommen sind. Ich möchte Ihnen gerne meine beiden Söhne vorstellen. Sie werden schon bald meinen Platz einnehmen und das Unternehmen leiten.«

Ich folge diesem fürsorglichen Mann, der mich ein wenig an meinen verstorbenen Großvater erinnert, durch den Flur zu einer zweiflügligen Milchglastür. Die Namen von Liam und Sean sind in schwarzen Lettern neben dem Eingang angebracht. Mit einem Klopfen tritt Coleman Senior in das Büro, und ich folge ihm.

»Guten Morgen, meine Herren. Ich möchte euch unsere neue Assistentin vorstellen, Emma Reed.«

Ich senke meinen Blick, stelle entsetzt fest, dass der unterste

Knopf meiner Seidenbluse offen ist. Schnell knöpfe ich sie zu und hebe den Kopf.

Da ist wieder das Ohnmachtsgefühl von vorhin, und ich glaube, den Boden unter den Füßen zu verlieren. Vor mir stehen zwei große, äußerst attraktive Männer, denen ich schon zuvor begegnet bin. Während der eine blondes, kurzes Haar, breite Schultern und einen gebräunten Teint aufweist, ist sein Bruder das genaue Gegenteil. Helle Haut, schwarzes, wild zerzaustes Haar und hohe Wangenknochen. Eigentlich könnte ich ja froh sein, dass meine Vorgesetzten gut aussehend sind, das Auge isst ja schließlich mit, auch bei der Arbeit, doch ich bin es nicht. Denn links steht mein unbekannter One-Night-Stand und rechts der sexy Arsch, der mir ins Auto gefahren ist. Ich versuche zu lächeln, was mir jedoch gänzlich misslingt.

Na, das kann ja heiter werden!

KAPITEL 2

Emma

Das ist doch ein Scherz, oder? Ich meine, gleich wird ein Kamerateam erscheinen und mir erklären, dass ich bei einer Prank-Show bin. Ich warte, doch nichts passiert.

Ich schlucke nervös. Natürlich geschieht so was immer mir. Dass ich mit einem meiner zukünftigen Bosse geschlafen und den anderen beschimpft habe. Ich schaue drein, als würden Weihnachtsmann und Osterhase gleichzeitig vor mir stehen. Drei Augenpaare sind auf mich gerichtet, und ich versuche, mich zu sammeln.

»Freut mich sehr, meine Herren«, piepse ich, strecke ihnen die Hand entgegen und entlocke den Männern der Stunde sogleich ein Schmunzeln. Mister One-Night-Stand lässt nicht lange auf sich warten und ergreift meine Hand.

»Sean Coleman. Miss Reed, es ist mir wahrhaftig eine Freude, Sie wiederzusehen. Haben Sie gut geschlafen?«, fragt er ohne jegliche Scham und grinst mich verführerisch an. Genau dieses Lächeln ist mir gestern Abend zum Verhängnis geworden. Ich schlucke, mein Mund ist trocken, und die Zunge klebt an meinem Gaumen.

Sean Coleman hat eine besondere Wirkung auf mich, der ich mich nicht entziehen kann. Der Blick von Charles und Liam huscht von Sean zu mir, und ich bin kurz davor, zu hyperventilieren.

Die müssen ja sonst was denken, und sie haben nicht mal un-

14

recht! »Da-Danke, Sir. Ja, ich habe sehr gut geschlafen«, stottere ich verlegen. *Warum soll ich lügen?* Er ist wirklich grandios im Bett.

Nun reiche ich seinem Bruder die Hand. »Liam Coleman, freut mich. Was für eine Überraschung, Miss Reed. Wir hatten ja heute schon das Vergnügen.« Er lächelt, und irgendwie bringt mich dieses schiefe Grinsen genauso unerwartet aus dem Konzept. Seine Hand ist rau, aber er drückt meine nur ganz sanft. Ich schlucke erneut, und die Hitze schießt mir in die Wangen.

»Ähm … ja, stimmt. Es tut mir leid wegen vorhin. Ich wollte Sie nicht beschimpfen«, sage ich zu Kreuze kriechend. Das wird wohl mein erster und letzter Arbeitstag sein. *Verabschiede dich von der Marketingbranche, Emma!*

»Ist schon okay. Schließlich war es meine Schuld«, antwortet er salomonisch.

»Ihr drei kennt euch bereits?«, fragt nun Coleman senior. Seine Stimme scheint nicht mehr freundlich, eher verärgert. *Oh ja, game over, Miss Reed.*

»Vater, ich bin heute Morgen in Miss Reeds Auto gefahren. Wir hatten einen kleinen Unfall.«

Mein Blick gleitet zu dem Mann neben mir, der mit den Kiefern mahlt und seine Söhne mit Adleraugen beobachtet. »*Du* bist der armen Miss Reed ins Auto gefahren? Wo hast du denn deine Augen, Liam? Warst du allein?«

Ob er allein war? Was ist das denn bitte für eine Frage?

»Ja, Vater. Ich war allein.«

Er wendet sich wieder mir zu. »Miss Reed. Sie können nun zu Miss French gehen und sich alles erklären lassen. Ab heute sind Sie ihre Assistentin.«

Mit eingezogenem Kopf verlasse ich das Büro, lehne mich gegen die Tür, nachdem ich sie hinter mir geschlossen habe, und atme erst einmal tief durch. Anscheinend bin ich noch Assistentin bei Coleman & Sons. *Die Frage ist nur, wie lange?*

Miss French ist eine schlanke, vollbusige, überaus künstlich wirkende Puppe. Eine bessere Beschreibung will mir nicht einfallen. Ihr weißblondes Haar fällt ihr bis zur Taille, ihr Teint ist blassrosa, und ihr Körper wohlgeformt. Sie trägt ein knappes Kleid, das wirklich nicht mehr viel Spielraum für die Fantasie lässt.

Und ab heute bin ich ihre persönliche Sklavin. Miss French kaut auf einem Kaugummi und erklärt mir halbherzig den Arbeitsbereich. *Wie zum Teufel hat sie es geschafft, Abteilungsleiterin zu werden?* Ein Blick auf den prallen Hintern, der hin und her wippt, lässt es mich erahnen.

Zu meinem Leidwesen bin ich fürs Kaffeekochen, Post sortieren und Beantworten und Abtippen von Briefen verantwortlich. Von einer glänzenden Karriere in der Werbebranche bisher keine Spur.

»Hast du noch Fragen?«, will Jazabell wissen. Ja, das ist kein Witz, ihr Name ist wirklich Jazabell. Ihre Eltern müssen sie wohl hassen.

»Nein. Habe ich nicht.«

Sie schnaubt und sieht mich missbilligend an. Der Grund dafür ist mir jedoch schleierhaft. »Jetzt kannst du schon mal in die Küche gehen und frischen Kaffee aufsetzen.« Sie schnalzt mit der Zunge und verschwindet in ihrem Einzelbüro.

Der Bürokomplex ist ein modernes, mit schwarzem Glas verkleidetes Hochhaus. Im Untergeschoss befindet sich die große Cafeteria für die Mitarbeiter. Die erste Etage fällt in den Bereich des Empfangs und der Presseabteilung. Die nächste in den des Sicherheitsdienstes. In den zwei Stockwerken darüber befinden sich die Buchhaltungs-, Rechts- und Personalabteilung. Die letzten fünf Geschosse sind den aktiven Mitarbeitern vorbehalten, die mit den direkten Kundenaufträgen beschäftigt sind.

Den ganzen Vormittag habe ich Flyer sortiert, Kaffee gekocht und Bestellungen fürs Mittagessen aufgenommen. Mein Kopf brummt, ich bin todmüde und sterbe vor Hunger. Liam und Sean sind mir seit unserer peinlichen Vorstellungsrunde nicht mehr über den Weg gelaufen, und ich danke Gott auf Knien dafür.

Das Großraumbüro ist recht modern ausgestattet, wirkt schlicht und funktionell. Neben den hochwertigen Rechnern stehen viele Grünpflanzen und abstrakte Kunstwerke. Auch wenn das Mobiliar hauptsächlich weiß und schwarz ist, peppt eine rote Couch hier und eine gelbe Vase da das Ganze auf. Es versprüht eine entspannte Atmosphäre. Ich fühle mich wohl in diesem Unternehmen, es ist heimisch und gemütlich. Nicht so, wie ich es mir von einer der größten Marketingagenturen der Stadt erwartet habe.

Ich lehne in der Büroküche an der Arbeitsplatte und warte darauf, dass es endlich dreizehn Uhr wird und ich Mittagspause machen kann. Pünktlich auf die Minute läutet auch schon mein Handy.

»Hey, Principessa«, begrüßt mich ein überschwänglicher Aiden. Ich will ihn am liebsten durchs Telefon ziehen und erwürgen. Von einem Kater keine Spur.

»Spar dir deine Principessa, du elender Mistkerl!«, zische ich und stoße mich mit Schwung von der Küchenzeile ab. »Wegen dir habe ich verschlafen und bin neben einem fremden Mann aufgewacht!.«

Er lacht. »Ach, komm schon. Ich habe dir zwar die ersten zwei Shots aufgezwungen, aber die restlichen hast du freiwillig getrunken und dich nicht beschwert.«

»Das stimmt doch gar nicht!«

»Und wie das stimmt! Nach deinem zehnten Shot hast du noch gerufen, und ich zitiere: ›Scheiß auf die Arbeit als Marketingmanagerin, ich werde Backgroundtänzerin!‹ Und dann hast du wild getanzt. Mann, war ich stolz auf mein Mädchen.«

Mit der flachen Hand klatsche ich mir auf die Stirn. *Wie peinlich ist das denn?*

»Außerdem war der Typ heiß! Schade, dass er nicht auf Männer steht, sonst hätte ich ihn mir sicher geschnappt.«

»Na ja, so toll war er auch nicht«, versuche ich abzulenken, doch der Gedanke an Sean Coleman, der jeden Zentimeter meines Körpers geküsst hat, lässt mir die Schamesröte ins Gesicht schießen.

»Ich kenne dich, Baby, und ich weiß, wann du lügst. Gib's zu, er war der Hammer im Bett, oder?«

Ich kann mir sein breites Grinsen regelrecht vorstellen. »Okay, er war heiß und der Sex göttlich, aber er ist jetzt mein Boss«, beichte ich und kneife die Augen zusammen. Die Tatsache, dass ich mit meinem Boss geschlafen habe, liegt mir schwer im Magen.

Ich habe mir diesen ersten Arbeitstag ganz anders vorgestellt, wollte alle von den Socken hauen und ihnen zeigen, dass ich etwas auf dem Kasten habe und genau in diese Agentur gehöre. Doch ich habe mich vor den Chefs wie eine Piepsmaus auf LSD verhalten.

»Mister Göttlich ist dein Boss?«, fragt Aiden, und ich kann seine Verwunderung deutlich heraushören.

»Ja, Aiden. Mister Göttlich ist mein neuer Boss.«

Ein Räuspern hinter mir lässt mich vor Schreck zusammenfahren. Wie von der Tarantel gestochen drehe ich mich um. Da steht Sean Coleman in seiner ganzen Herrlichkeit und grinst mich frech an.

War ja klar.

KAPITEL 3

Emma

»Emma? Emma, bist du noch dran?«, ruft Aiden verunsichert durch das Handy. Sean lehnt mit verschränkten Armen an der Küchentheke und mustert mich intensiv. Sein Blick ist abschätzend und lüstern zugleich und verrät mir sofort, dass er an vergangene Nacht denkt. Er schmunzelt über meine Sprachlosigkeit und reibt sich amüsiert das Kinn.

»Ähm, Aiden, ich ruf dich zurück!« Ohne auf eine Antwort zu warten, drücke ich ihn weg.

»Mister Coleman. Hallo«, sage ich schließlich nach einer gefühlten Ewigkeit und betrachte meinen Boss noch einmal eingehender. Weiche Gesichtszüge, die dennoch männlich sind, sein schwarzes, etwas länger geschnittenes Haar fällt im frech in die Stirn und gibt ihm etwas Verwegenes. Geschwungene Brauen, volle Lippen und ein spitz zulaufendes Kinn zieren sein Gesicht. Der dunkelblaue Anzug mit hellblauen Nadelstreifen sitzt wie eine zweite Haut. Seine Krawatte harmoniert mit dem Outfit, und er wirkt nicht mehr wie der Typ, den ich in der Bar kennengelernt habe. Gestern habe ich einen Halbgott in Jeans und Lederjacke geküsst. Hier im Büro sieht er trotz des Anzugs immer noch verboten gut aus, dass ich aufpassen muss, nicht zu starren.

Ich schlucke und werde augenblicklich nervös, wenn ich an unseren Sex denke. Er war hemmungslos und voller Leidenschaft. Normalerweise bin ich eher der Beziehungstyp, aber Sean kitzelte die Femme fatale aus mir heraus, von der ich nicht einmal wusste, dass sie in mir existiert. Noch immer spüre ich seine geschickten Finger auf mir, die mir den heftigsten Orgasmus meines Lebens beschert haben.

Berühr mich hier, raunte er verführerisch und führte meine Hand langsam an seinen Schoß. Ich tat nur zu gern, was er befahl, genoss es, ihn zu verwöhnen, zu streicheln und seinem erregten Atem zu lauschen.

Okay, ich habe ihn nackt gesehen. Aber das ist nicht allein der Grund meiner Nervosität. Ich hoffe und bete, dass er von dem Gespräch mit Aiden nichts mitbekommen hat.

»Mister Göttlich also, hm«, sagt er schließlich amüsiert, und ich kneife die Augen fest zusammen, als hätte mir jemand eins mit dem Hammer übergezogen. *Mist, verdammter!*

Verlegen zucke ich mit den Achseln. Er stößt sich von der Arbeitsplatte ab und geht ein Stück auf mich zu. Instinktiv weiche ich zurück. Doch ihn lässt das kalt. »Hören Sie, Mister Coleman –«

»Sean.«

»Was?«

»Nenn mich Sean«, raunt er, und mein Herz setzt einen Schlag aus. Seine Stimme ist rau und trieft vor Sex. *Oh ja, Sex!*, schreit mein Unterbewusstsein, und ich schüttle verärgert den Kopf.

Was ist denn mit mir los? Wir sind doch nicht auf der Highschool, sondern im Büro. Diese Tatsache ernüchtert mich, und endlich bin ich wieder ganz bei Verstand.

»Nein, ich möchte Sie nicht beim Vornamen nennen.«

»Ich habe es keiner vor dir angeboten, also kannst du dich ruhig geschmeichelt fühlen.«

Wie bitte?

»Sie sind mein Boss, das wäre nicht richtig.«

Ich trete zurück, bis ich die kalte Wand im Rücken spüre. Sean gleicht einem Panther, der seine Beute ins Visier nimmt, um dann zuzuschlagen. Mir gefällt diese Situation ganz und gar nicht.

»Wieso willst du mich nicht mit dem Vornamen ansprechen? Gestern Nacht hat es dich auch nicht gestört, vor Lust meinen Namen zu schreien, während du gekommen bist.« Er grinst frech. Mein Gesicht nimmt die Farbe einer roten Ampel an, am liebsten würde ich im Erdboden versinken. Er kommt näher, steht jetzt ganz dicht vor mir und fängt meinen Blick mit seinen eisblauen Augen ein. Mein Herz schlägt wild in meiner Brust.

»Da wusste ich auch nicht, dass Sie mein Boss sind.«

»Auch wenn ich dein Chef bin, können wir zusammen sehr viel Spaß haben, Emma. Du bist sehr sexy, wenn du so tust, als würdest du mich nicht wollen.«

Mein Puls rast, doch ich lasse mich nicht aus dem Konzept bringen. Na ja, ich versuche es zumindest. »Ich will Sie aber nicht!«

»Dein Körper sagt mir etwas ganz anderes«, raunt er dicht an meinem Ohr, sodass ich seinen Atem auf der Haut spüre. Ich schließe die Augen, und ein wohliger Schauer erfüllt meinen Körper. Er hat recht. Ich will ihn.

Halt! Sitz! Böse Emma!, knurrt mein Unterbewusstsein, und ich hebe meine Lider. Er sieht mir wieder fest in die Augen, beugt sich ein wenig vor, stemmt beide Handflächen neben meinem Kopf ab und nähert sich langsam meinem Gesicht. Sein Blick ist dunkel, sexy, und sein Mund einen Spalt geöffnet. Die vollen, perfekt geschwungenen Lippen sehen so einladend aus, dass ich fast versucht bin, meine Prinzipien über Bord zu werfen.

Unbewusst lecke ich mir über die trockene Unterlippe und kaue an ihr. Sofort denke ich an einen gewissen Erotikroman, den ich vor Kurzem gelesen habe, und höre augenblicklich damit auf. Nicht, dass Sean auf die Idee kommt, einen auf Dom zu machen und mir den Hintern zu versohlen.

Ich würde lügen, wenn ich sagte, dass mich dieser Mann kaltlässt. Auch nur an letzte Nacht zu denken lässt meinen Puls in die Höhe schießen. Sean war wild und erinnerte mich an die »Bad Boys« in der Highschool, die ich begehrte, aber für mich unerreichbar waren. Doch so bin ich nicht und will ich nie sein. Ich möchte mir nicht nach Jahren harter Arbeit anhören müssen, dass ich mich nur hochgeschlafen hätte.

»Nein, Mister Coleman. Ich will keinen Spaß mit Ihnen. Gestern war ein One-Night-Stand, und wie der Name schon sagt, es war eine Nacht. Am besten ist, wir vergessen die ganze Sache und arbeiten professionell weiter.«

Ohne auf meine Worte zu hören, kommt er mir immer näher. Ich kann seinen heißen Atem auf meinen Lippen spüren, und mein Brustkorb hebt und senkt sich schnell.

»Nicht«, hauche ich, lege die linke Handfläche an seine Brust und versuche, ihn von mir zu schieben, doch er rührt sich kein Stück. Meine Zwickmühle wird immer schlimmer, und mir gehen die Argumente aus. Dann schließt er die Augen, ich gerate in Panik und verpasse ihm, ohne Kontrolle über mein Handeln zu haben, eine schallende Ohrfeige.

»Du hast ihm echt eine geknallt?«, ruft Aiden lachend. Vor Scham vergrabe ich mein Gesicht in den Händen und wimmere. Seit einer Stunde sitzen wir in meiner Wohnung und unterhalten uns über vergangene Nacht und meinen ersten Arbeitstag. Vor lauter Frust habe ich zwei Tafeln Schokolade verdrückt. Als wären die Speckröllchen nicht schon genährt genug. Aiden setzt sich neben mich, greift nach meiner Hand und fixiert mich mit seinen grauen Augen. »Erzähl schon, Emma. Was genau ist passiert?«

»Im einen Moment habe ich noch mit dir telefoniert und im nächsten steht er vor mir und will mich küssen.«

Er nickt verständnisvoll. »Was ist nach der Ohrfeige passiert?

Wie hat er reagiert?«, fragt er und streicht mir mitfühlend über den Oberarm.

»Ich habe mich entschuldigt und bin mit hochrotem Kopf aus der Büroküche geflüchtet. Danach habe ich ihn nicht mehr gesehen.«

Aiden seufzt laut auf. »Ach Mensch, Principessa. Zuerst hast du gar nichts mit Männern am Hut, und wenn du endlich mal aus dir herausgehst, ist dein erster One-Night-Stand gleich dein Chef.«

»Ich weiß, Aiden. Was soll ich denn jetzt machen? Soll ich kündigen, bevor es die Runde macht?« Mir ist nach Weinen zumute, denn ich mag diesen Job. Er ist jedenfalls besser als der Job im Coffeeshop, und die Bezahlung ebenso. Nach meinem Studienabschluss war es schwierig, ein passendes Angebot zu finden. Ich dachte immer, dass es in einer großen Stadt wie New York leicht wäre, eine Stelle in der Marketingbranche zu ergattern, doch es war das genaue Gegenteil. Da ich aber Miete zahlen musste, hatte ich angefangen, in einem Coffeeshop zu arbeiten, um über die Runden zu kommen. Im Gegensatz zur Kaffeekette habe ich bei Coleman & Sons die Möglichkeit aufzusteigen.

»Nein, auf keinen Fall. Außer dir gefällt es dort nicht.«

»Doch! Sogar sehr. Es gleicht zwar bisher einem Kellnerjob, aber ich kann nicht erwarten, dass sie mich gleich zur Marketingmanagerin ernennen.«

»Stimmt, du hast recht. Warte einfach mal ab. Vielleicht ist ihm diese Abfuhr sowieso peinlich, und er wird nie wieder ein Wort darüber verlieren.«

»Hm, so schätze ich ihn nicht ein. Er wirkte verbissen, und ich fühlte mich wie etwas Verbotenes, das er unbedingt besitzen muss.«

Aiden schmunzelt. »Du bist auch eine heiße Beute«, sagt er und stupst mich mit der Schulter an.

»Ach Quatsch.«

»Emma, Süße. Einer der heißesten Typen, die ich je gesehen habe, will dir an die Wäsche. Das ist ein Grund, sich geehrt zu fühlen.«

»Nein, das tue ich nicht. Okay, er sieht verboten gut aus, wirkt auf mich aber wie ein Frauenheld.«

»Ein ›bad boy‹, wie er im Buche steht. Schade, dass er nicht auf Männer abfährt. Er wäre genau mein Typ.«

»Er würde dir nur das Herz brechen. Sean ist sicher ein Womanizer, und davon habe ich wirklich genug.« Aiden nickt und drückt meine Hand.

Ich kann die Ohrfeige nicht mehr rückgängig machen, außerdem war es seine eigene Schuld, schließlich wollte er mich ohne meine Erlaubnis küssen.

Wolltest du es wirklich nicht zulassen?, fragt mein Unterbewusstsein, und ich rolle genervt die Augen. *Natürlich wollte ich ihn küssen. Er sieht aus wie ein griechischer Halbgott. Ach, zum Teufel mit den Männern!*

»Komm, Aiden, lass uns was vom Chinesen bestellen und einen Film ansehen. Ich habe genug für heute von Sean Coleman!«

Aiden springt euphorisch auf und klatscht in die Hände. »Ich weiß genau, was dich auf andere Gedanken bringt«, sagt er, rennt zu meiner Schrankwand und nimmt eine DVD heraus.

»Der Stripperfilm?«

»Ja, genau! Männer, die sich die Kleidung vom Leib reißen, lassen dich einfach alles vergessen.« Er zwinkert mir zu und legt die Disc in den Player.

Ich atme tief ein und versuche, meinen Boss aus meinen Gedanken zu verdrängen. Doch das erweist sich als schwierig – trotz oder gerade wegen der halb nackten Männer.

KAPITEL 4

Sean

Kaum betrat ich die Bar, drang mir sofort der Geruch von Bier und süßen Cocktails in die Nase. Erschöpft von meinem langen Arbeitstag zog ich mich in eine abgelegene Nische zurück und bestellte mir einen doppelten Whiskey.

»Bitte schön, mein Hübscher«, sagte die durchtrainierte Blondine und zwinkerte mir zu. Ihr rechter Arm war komplett tätowiert, nicht eine unbeschriebene Fläche war zu sehen. Ihr lüsterner Blick weckte sofort mein Interesse, schließlich sah sie rattenscharf aus. Schlank, vollbusig und willig. Genau mein Geschmack. Ich hatte seit gestern früh keinen Sex mehr gehabt, und das war schon eine lange Zeit. Doch noch bevor ich auf ihren Flirt eingehen konnte, machte sie kehrt und verschwand hinter der Bar. Ich spielte mit dem Gedanken, sie später im Lagerraum zu vernaschen.

Erschöpft stützte ich die Ellbogen auf dem Holztisch ab, umfasste das Glas mit beiden Händen und nahm einen großen Schluck. Der Bourbon hinterließ eine wohlige Wärme, die sich auf meinen ganzen Körper ausbreitete.

Was für ein Tag! Ein Meeting nach dem anderen und dazu noch die Vorbereitungen für die Übernahme. Ich war froh, dass ich mich gleich nach der Arbeit umgezogen hatte, die Anzüge hingen mir schon zum Hals raus.

In Gedanken versunken nippte ich an meinem Drink, bis ein herzhaftes Lachen meine Aufmerksamkeit erregte. Ich entdeckte eine junge Frau mit üppigen Kurven und braunem Haar, die an der Theke stand. Sie trug eine enge Jeans, die ihren knackigen Arsch betonte, dazu ein schlichtes, rotes Shirt. So gewöhnlich, und doch hatte sie etwas an sich, das mich interessierte.

Ihr Freund versuchte, ihr einen Shot anzudrehen, doch sie lehnte vehement ab. Es war witzig, die beiden beim Streiten zu beobachten. Schließlich gab sie nach und kippte den Inhalt des Schnapsglases in ihren Rachen. Zuerst dachte ich, dass der Mann an ihrer Seite ihr fester Freund sein musste, doch nachdem er mich interessiert musterte, ahnte ich sofort, dass er vom anderen Ufer war.

Ein Lächeln umspielte meinen Mund. Nicht etwa, weil mir der Mann gefiel, sondern weil ich so die Möglichkeit hatte, diese hinreißende Frau näher kennenzulernen und sie statt der Kellnerin zu verführen.

Je mehr Drinks sie zu sich nahm, desto lockerer wurde sie; tanzte, lachte und wirbelte herum. Ich konnte einfach nicht anders, schnappte mir meinen Drink und ging auf sie zu. Diese Frau hatte eine natürliche Ausstrahlung und ein so herzliches Lachen, dass ich meinen Blick nicht abwenden konnte. Komisch, da mich solche Frauen bisher nie besonders interessiert hatten.

»Hallo. Darf ich mich zu euch gesellen?« Die beiden sahen mich zuerst überrascht an, nickten dann aber. Sofort war ich in ihren warmen bernsteinfarbenen Augen gefangen. »Mein Name ist Sean. Und deiner?«, wandte ich mich dem Objekt meiner Begierde zu. Sie kicherte, und ihre Wangen erröteten. Ob aus Verlegenheit oder wegen des Alkohols, wusste ich nicht.

»Hey. Ich bin Emma. Freut mich, dich kennenzulernen.«

»Das Vergnügen ist ganz meinerseits«, raunte ich, nahm ihre ausgestreckte Hand und führte ihren Handrücken an meine Lippen. Dieser Handkuss war vielleicht zu dick aufgetragen, aber ich wollte ihrem Freund unmissverständlich demonstrieren, dass ich nur an Emma interessiert war.

Komischerweise fühlte ich mich in ihrer Nähe direkt wohl und dachte nicht mehr daran, sie sofort abzuschleppen und mich danach auf Nimmerwiedersehen zu verabschieden, wie ich es sonst tat. Ich genoss es, sie kennenzulernen. Wir tranken, lachten und unterhielten uns völlig ungezwungen. Ihr Freund Aiden wusste, wann es Zeit war, uns allein zu lassen. Und dann kam es, wie es immer kommt: Wir landeten in ihrer Wohnung.

»Nett hast du es hier«, sagte ich schmeichelnd, dabei hatte ich mich gar nicht umgesehen. Meine Augen waren viel zu sehr auf Emma und auf ihren ansehnlichen Körper fixiert.

»Danke. Möchtest du einen Kaffee? Zum Ausnüchtern hilft er sicher«, erwiderte sie lachend und ging durch den Rundbogen zwischen Wohnzimmer und Küche. Ich folgte ihr unauffällig, doch nur, um sie von hinten bei den Schultern zu packen und ungestüm gegen die Wand zu drücken. Ich wusste genau, was ich wollte, und das war sicher kein Kaffee.

Zuerst war sie erschrocken, aber ihr Blick verriet, dass sie genauso scharf auf mich war wie ich auf sie. Ihre Augen huschten von den meinen zu meinem Mund, und sie leckte sich unbewusst über die Lippen. Da konnte ich mich nicht mehr zurückhalten. Ich senkte den Kopf, hörte noch kurz, wie sie die Luft einsog, ehe ich sie küsste. Augenblicklich schlang Emma die Arme um meinen Nacken und erwiderte den Kuss. Einen Spaltbreit öffnete sie die Lippen, stöhnte gegen meinen Mund.

Leidenschaftlich spielten unsere Zungen miteinander, und mein Herzschlag wurde immer schneller. Das Verlangen, sie zu spüren, stieg ins Unermessliche, als ihre weichen Hände unter mein Shirt wanderten und meine Bauchmuskeln streichelten.

Ich lächelte gegen ihren Mund und vergrub meine Finger in ihren Haaren. Obwohl ihr Körperbau fülliger war, nicht so schlank wie der meiner üblichen Sexpartnerinnen, genoss ich die Abwechslung. Schon in der Bar war es eher ihr Lachen, das mich anzogen hatte, nicht nur ihr Körper. Zum ersten Mal in meinem Leben. Meine Hand fuhr die Konturen ihres Körpers nach. *Mann, war diese Frau heiß!*

Gierig wanderten meine Lippen von ihrem Mund zur Halsbeuge. Sie duftete nach süßlichem Shampoo und Rosenblüten. Während ich ihren Hals mit Küssen bedeckte, krallten sich Emmas Fingernägel in meinen Rücken, und ich war versucht, sie gleich hier an der Wand zu nehmen.

»Schlafzimmer?«, fragte ich vorsichtshalber. Sie nickte, löste sich von mir und zog mich hinter sich her.

Wir fielen auf ihr Bett, das ein Quietschen von sich gab. Ich beugte mich über sie, verwöhnte sie mit leidenschaftlichen Küssen. Mit den Kleidern fielen sämtliche Hemmungen. Ich wollte sie, vielleicht mehr als jemals eine Frau zuvor, und ein wohliger Schauer erfasste mich jedes Mal, wenn sie meine erhitzte Haut küsste.

Entgegen meinen Erwartungen war sie keineswegs schüchtern oder zurückhaltend. Emma glich eher einer Wildkatze, nicht diesem scheuen Reh, für das ich sie anfangs hielt. Ihre prallen Kurven fühlten sich gut an, und ich musste zugeben, dass diese Frau eine Art Begierde in mir weckte, die ich bis dahin noch nie gespürt hatte.

Sie meinen Namen stöhnen zu hören, ihre Fingernägel, die sich in mein Fleisch bohrten, und ihr Körper, der vor Lust zitterte, machten es zum besten Sex seit Langem.

Das Knallen einer Haustür ließ mich die Augen öffnen. Verwirrt hob ich den Kopf und sah mich um. Ich lag in einem fremden Bett und musste angestrengt nachdenken, was gestern passiert war. Durch den sich auflösenden Nebel in meinem Kopf kamen die Erinnerungen. Die Bar, Emma, die Drinks, unsere Küsse und dieser verdammt heiße Sex.

Ich schmunzelte, dachte an ihr strahlendes Lächeln, bis mir das Knallen einfiel, das mich geweckt hatte. Stöhnend warf ich die Bettdecke zur Seite, schwang meine Beine aus dem Bett und sah mich um.

Das Zimmer war gemütlich und schlicht eingerichtet. Ein Doppelbett, eine Schminkkommode und ein doppelflügliger Kleiderschrank, alles in Altweiß gehalten. Man erkannte die Liebe zum Detail. Die Farbe Blau dominierte den Rest ihrer Einrichtung. Überall entdeckte ich Bilderrahmen mit Fotos von Emma mit Familie und Freunden.

»Emma?«, rief ich schließlich, zog mich an und ging ins Wohnzimmer. *Mann, war es lange her, dass ich mir den Namen meiner Bettgespielin gemerkt hatte.* Emma war erfrischend anders, vielleicht lag es daran. Gestern war ich viel zu abgelenkt gewesen, um mich richtig umzusehen. Wie das Schlafzimmer war auch dieser Raum hell und geschmackvoll eingerichtet. Hier jedoch war alles in Erdtönen gehalten. Braune Ledercouch, grüne Kissen, orange Vorhänge. Emma hatte Geschmack, und ich begann, mich hier heimisch zu fühlen. In der Küche entdeckte ich neben der Kaffeemaschine einen Zettel.

Guten Morgen,
ich habe verschlafen und komme leider zu spät zur Arbeit, deshalb musste ich gleich los. Sei mir nicht böse. Gestern Nacht war toll. Danke.

Grinsend rieb ich mir das Kinn. Die Nacht war in der Tat wahnsinnig erfüllend gewesen. Allein der Gedanke daran verschaffte mir eine Morgenlatte der Extraklasse. *Diese Frau muss ich wieder haben!*

Wer hätte gedacht, dass ich nach dieser heißen Nacht und einem guten Morgen jetzt mit schmerzender Wange dastehe – und das erste Mal nicht kriege, was ich will?

Ich versuche immer noch zu begreifen, was gerade passiert ist. Ich hätte ja mit allem gerechnet, aber niemals mit einer Ohrfeige. Dabei war ich mir sicher, dass sie diesen Kuss genauso wollte wie ich. Die Art, wie sie auf mich reagierte, ihre geröteten Wangen, ihr schneller Atem und ihre geweiteten braunen Augen. Gestern Nacht lechzte sie noch nach meinen Berührungen und genoss es sichtlich. Wie alle Frauen, mit denen ich schlafe. *Wieso dann jetzt diese Abfuhr?*

In all den Jahren hat mich nicht eine einzige Frau abgewiesen, doch Emma Reed scheint die erste Ausnahme zu sein. *Ich, Sean Coleman, habe eine Abfuhr bekommen!* Das ist bis jetzt noch nie passiert. Es ist sozusagen ein ungeschriebenes Gesetz, dass sie meinem Charme verfallen. Die Frauen liegen mir zu Füßen und ich liebe es. Beziehungen sind nichts für mich. Zwangloser Sex ist da eher mein Ding. Niemals wollte ich zweimal mit derselben Frau ins Bett.

Dabei passt sie eigentlich gar nicht in mein Beuteschema. Emma ist kurvig, nicht wie meine vorherigen Gespielinnen mit Modelmaßen, sie ist intelligent und kann mehr Alkohol vertragen als ich. Eine echte Powerfrau und kein Püppchen wie sonst immer. Ich habe noch nie mit einer fülligen Frau geschlafen – doch es gefällt mir. Bisher bin ich immer unsicher gewesen, ob ich die Size-Zero-Häschen so hart rannehmen kann, wie ich es mir wünsche, ohne dass ihre dünnen Knochen brechen.

Die letzte Nacht soll kein einmaliges Ereignis sein. Ich will sie. Noch mal. Ihre Lippen schmecken, ihre weiche Haut berühren und mich in ihr verlieren.

»Warte mal, was?« Meine Gedankengänge gefallen mir ganz

und gar nicht. *Wieso bringt mich diese Frau dazu, all meine Vorsätze über Bord zu werfen?* Ich bin zu schade für nur eine einzige Frau. Man sollte mich teilen, wie Kaugummi, alle sollen in den Genuss meiner Liebeskünste kommen. Bisher habe ich es geschafft, jede Frau zu verzaubern.

Eigentlich sollte ich sauer sein, immerhin hat sie mir eine Ohrfeige verpasst, doch ich bin es nicht. Im Gegenteil. Ich fühle mich gut, und Emma wird viel interessanter. Meine Spiellaune ist geweckt. Ich will diese Frau noch einmal; natürlich nur, weil der Sex genial war.

Ich betrete Liams und mein Büro. Ohne auf meinen Bruder zu achten, stelle ich mich vor das Panoramafenster und starre auf die Skyline von New York City. Endlich bin ich wieder Herr meiner Gedanken und Gefühle. Emma Reed ist nur eine Untergebene. Eine Assistentin, die mit Sicherheit nicht viel auf dem Kasten hat. Vielleicht werde ich ja krank und deshalb spielen meine Gedanken verrückt. Es kann nur daran liegen.

Plötzlich tippt mir jemand auf die Schulter. Ich drehe mich um und sehe meinem Bruder direkt in die Augen. Er ist zwar nur zwei Jahre älter, aber immer die Autoritätsperson schlechthin. Was mir an Verantwortungsgefühl fehlt, mache ich mit meiner Kreativität wett. Genauso, nur umgekehrt, ist es mit Liam; wir sind ein eingespieltes Team. Schon von Kindesbeinen an. Während er eher in die Richtung unserer Mutter schlägt, bin ich fast das genaue Ebenbild der jüngeren Version meines Vaters. Schwarze Haare und die rebellische Ader. Liam hingegen hat die hellen Haare und das gute Herz.

»Sean. Ich rede mit dir. Hörst du mir denn gar nicht zu? Wo bist du denn wieder mit deinen Gedanken?«

»Entschuldige. Was hast du gesagt?«

Er schenkt mir einen skeptischen Blick. »Wer ist es diesmal?

Die Blondine von vergangener Woche? Wie hieß sie noch mal? Candy, Sandy, Randy?«

Ich schüttle den Kopf und rolle mit den Augen. Mein Bruder hat es nie verstanden, dass ich mich durch die Betten schlafe. Aber so bin ich nun einmal, ein Mann für eine Nacht. »Ich glaube, wir haben gerade Wichtigeres zu tun, als über meine Eroberungen zu sprechen.«

»Okay, du hast recht. Also, für morgen früh habe ich ein Meeting veranlasst. Rehbock sucht eine Marketingagentur für eine neue Sportkollektion. Ich …« Er verstummt, hebt die Hand und deutet mit dem Zeigefinger auf meine Wange. »Ist das etwa ein Handabdruck?«

Beschämt schlage ich seine Hand weg und mahle mit dem Kiefer. »Das geht dich nichts an!« Doch Liam wäre nicht Liam, wenn er lockerlassen würde. Er greift nach meiner Schulter, dreht mich, damit ich ihn wieder ansehe, und fragt erneut. »Ja, okay. Die Neue hat mir eine geknallt«, gebe ich zu und bereue es sofort, denn ein freches Grinsen breitet sich auf Liams Gesicht aus.

»Das ist ein Scherz, oder?«

Ich schüttle den Kopf. Er prustet los und hält sich den Bauch. Genervt presse ich die Lippen zu einer Linie zusammen. *Hätte ich doch bloß den Mund gehalten!*

»Also diese Emma Reed gefällt mir. Sie sieht nicht nur gut aus, sondern ist die erste Frau, die deinem Charme widerstehen kann.« *Wenn er nur wüsste!*

»Du findest, dass sie gut aussieht?«, frage ich neugierig. Schließlich ist die Trennung von Diane lange her, und er hat noch nie auch nur ein Wort über eine andere Frau verloren.

»Ja, klar. Sie ist hübsch, nicht gekünstelt und temperamentvoll noch dazu. Immerhin hat sie mich heute früh als Arsch beschimpft. Aber solch einer schönen Frau kann man nicht böse sein. Außerdem finde ich eine Frau mit Kurven viel natürlicher«, erwidert er lachend.

Wieso geht es mir gegen den Strich, dass er sie attraktiv findet? Er ist mein Bruder. Es kann mir doch egal sein, dass er die neue Assistentin heiß findet. Ich schüttle kaum merklich den Kopf. *Was ist denn heute mit mir los?* Der Alkohol von gestern Nacht scheint mir zu Kopf gestiegen zu sein.

»Und wieso hat sie dir eine verpasst?«

»Weil ich sie küssen wollte.«

Liams Miene wird ernst, sein Lachen ist verflogen. Er umrundet seinen Schreibtisch und setzt sich in den Chefsessel. Ich tue es ihm gleich. Unsere dunklen Mahagoni-Schreibtische stehen sich gegenüber, sodass mich Liam mit seinem Blick fixieren kann. »Hör zu, Sean. Gott bewahre, dass ich mich je in dein Liebesleben einmischen will, aber du solltest deinen Sexualtrieb zügeln. Besonders hier im Büro. Du weißt ja, was damals mit Jazabell passiert ist.«

Ich schlucke. Daran will ich nun wirklich nicht denken. »Liam. Danke für deinen Rat, aber ich bitte dich, misch dich nicht in meine Angelegenheiten ein.«

Mein Bruder nickt, da er weiß, dass es nichts bringt, mit mir zu diskutieren. Ich habe immer das letzte Wort. »Okay, ich hoffe, du weißt, was du da tust.«

»Ja, Brüderchen. Ich weiß ganz genau, was ich tue!« *Das Spiel hat bereits begonnen.*

KAPITEL 5

Emma

Zwar nicht ganz ausgeschlafen, aber trotzdem fit verlasse ich meine Wohnung. Die eisige Kälte weht mir ins Gesicht, und ich schlinge die Arme fröstelnd um mich. Noch zwei Wochen bis Weihnachten. Nicht, dass ich es feiern würde, aber Aiden und ich haben da diese Tradition, uns in einer Bar gemeinsam volllaufen zu lassen. Weder er noch ich haben eine feste Beziehung, also auch niemanden, mit dem wir die Feiertage verbringen könnten.

Ich bin schon so lange Single, dass ich gar nicht weiß, wie es ist, jeden Tag neben jemandem aufzuwachen. Schon immer wollte ich eine Beziehung führen wie die meiner Eltern. Sie sind über dreißig Jahre verheiratet und lieben sich wie frisch verliebte Teenager.

Während ich zu meinem Wagen gehe, grüble ich über mein Liebesleben nach. Nicht, dass es da viel zu grübeln gäbe. Ich wohne in Midtwon Manhatten, in einem netten Apartmenthaus, gleich in der Nähe vom Bryant Park. Der Central Park ist vielleicht größer, jedoch nicht überfüllt und hat mehr Charme. Viele sagen, der Bryant Park sei perfekt zum Joggen. Nicht, dass ich darin Erfahrung hätte, denn ich jogge nie. Sport ist Mord, sagt der Dichter, und ich erst recht!

Also schlendere ich auf dem vereisten Bordstein, biege um die Straßenecke und sehe seufzend auf meinen roten Flitzer. Gestern konnte ich durch den Stress bei der Arbeit und wegen

Mister Göttlich das Ausmaß des Unfalls nicht begutachten. Die Beifahrerseite ist verbeult, der Lack an manchen Stellen abgekratzt und der rechte Seitenspiegel hängt nur noch an einem Draht. Ich muss später unbedingt Liam Coleman wegen der erforderlichen Reparaturmaßnahmen sprechen.

Pünktlich auf die Minute betrete ich meinen Arbeitsplatz, setze mich, starte den Computer und sehe mich um. Mein Arbeitsplatz besteht aus einer kleinen Nische im Großraumbüro, direkt neben Miss Frenchs Büro. Drei Mal drei Meter, ein Tisch, ein unbequemer Sessel und nicht mal Platz für eine Pflanze. Nicht, dass ich einen grünen Daumen hätte. Pflanzen hassen mich. Ehrlich. Kaum kaufe ich eine, bekommt sie Panik und fällt in sich zusammen. Sie befürchten wohl, ich wäre eine Horrorfigur und würde mit einem Heckenscherenhandschuh auf die Pflanzenwelt losgehen.

Ich stehe auf, gehe in die Büroküche und setze frischen Kaffee auf, da dies, außer die faule Miss French zu bedienen, mein wichtigster Arbeitsbereich zu sein scheint. Die Küche ist weiß lackiert, groß, hochmodern eingerichtet und bietet durch mehrere Sitzgelegenheiten viel Platz für kurze Kaffeepausen. Von dem, was ich mitbekommen habe, legt Mister Coleman viel Wert auf ein familiäres Arbeitsklima, deshalb gibt es nur eine Kaffeeküche für alle Mitarbeiter. Nachdenklich drehe ich mich um und starre an die Wand – genau an jene Stelle, wo mich Sean beinahe geküsst hätte.

Unbewusst lecke ich mir die Unterlippe. Wäre er nicht mein Chef, würde ich mich gegen seine Annäherungen nicht wehren. Ich würde mich ihm hingeben und jede Berührung und seine Küsse genießen.

»Guten Morgen«, begrüßt mich eine freundliche Stimme. Ich drehe mich um und sehe eine wunderschöne, dunkelhaarige Latina vor mir. Zwar bin ich nicht vom anderen Ufer, doch diese Frau ist megamäßig heiß. Lange Beine, schlanke Figur, für die ich persönlich einen Mord begehen würde, ein gebräunter Teint und ein hübsches Gesicht.

»Guten Morgen«, antworte ich.

Sie kommt auf mich zu und reicht mir ihre Hand. »Du musst Emma Reed sein, die Neue. Ich bin Nia. Nia Sanchez.«

Lächelnd ergreife ich ihre Hand. *Sie wirkt nett – viel zu nett!* Solche Schönheiten sind doch eingebildet und kalt oder die totalen Zicken, da muss es doch einen Haken geben. »Es freut mich, dich kennenzulernen.«

»Danke, gleichfalls. Wie ich sehe, hast du schon Kaffee gemacht. Das war bis jetzt meine Aufgabe, aber ich bin in eine andere Abteilung versetzt worden. Und wie gefällt es dir hier?«

»Na ja, ich kann es dir nicht genau sagen. Gestern bin ich den Bossen vorgestellt worden, habe Kaffee gekocht und Mittagessen geholt«, erkläre ich mit einem Schulterzucken.

Nia lacht. »Oh ja, das ist am Anfang immer so. Aber Zähne zusammenbeißen, mit der Zeit kommen schon die wichtigeren Aufgaben. Sind denn auch alle nett zu dir?«

»Um ehrlich zu sein bist du die Erste, die mich seit der Unterweisung von Miss French angesprochen hat.«

Sie lächelt milde, nimmt sich eine Tasse, schenkt sich Kaffee ein und lehnt sich gegen die Arbeitsplatte. »Du brauchst nicht nervös zu sein. Hier sind alle sehr freundlich, wenn man sie mal näher kennt.« Nach einem Schluck sieht sie auf ihre Armbanduhr und hebt die Brauen. »Oh, ich komme zu spät! Ich bin in der Personalabteilung im sechsten Stock. Komm mich mal besuchen, wenn der Stress nachlässt, ja?«

Eine aufgebrachte Miss French erscheint im Türrahmen und nimmt mir die Gelegenheit, Nia zu antworten. »Da sind Sie ja! Sie müssen im Besprechungsraum zwei die Getränke nachfüllen und frischen Kaffee bringen. In zehn Minuten beginnt ein wichtiges Meeting!«, zischt sie. »Und außerdem ist Tratschen während der Arbeit ungern gesehen.« Sie rümpft die Nase und verschränkt die Arme vor ihren großen, falschen Brüsten. *Ja, ich weiß genau, dass sie falsch sind.*

»Ach, halt doch die Klappe, French. Du quatschst doch selbst die ganze Zeit und tust nichts Sinnvolles! Außerdem hast du es nur deinen Schenkeln zu verdanken, dass du Abteilungsleiterin geworden bist«, sagt Nia, stößt sich von der Küchenfront ab und stellt sich genau vor sie. Nia ist einen Kopf größer als Jazabell, ihre schokoladenbraunen Augen bohren sich in das kalte Blau. Meine Vorgesetzte schnaubt und verlässt fluchtartig den Raum. Grinsend dreht sich Nia um und zwinkert mir zu, ehe sie sich auf den Weg zu ihrem Arbeitsplatz macht. Ich beiße mir auf die Lippen, um nicht laut loszulachen.

Mit einem Rollwägelchen voll Mineralwasser, Orangensaft und einer Kanne frischem Kaffee begebe ich mich gut gelaunt in das Besprechungszimmer. Der Konferenzraum ist modern und stylish eingerichtet. Um einen ovalen, hell furnierten Tisch gruppieren sich edle Stühle mit schwarzem Lederbezug. Liam sitzt allein am Kopfende des Tisches und liest ein Buch. Er ist derart vertieft, dass er mich nicht einmal bemerkt.

Genau neben seinem Stuhl ist eine Kommode, auf der die Getränke aufgereiht werden sollen. Ich beginne, die Glasflaschen an ihren Platz zu stellen und erspähe den Titel des Buches. Shakespeare's *Macbeth*, mein Lieblingsbuch. Seit ich es auf der Highschool gelesen habe, bin ich ein großer Shakespeare-Fan. Gebannt starre ich auf den alten Umschlag des Buches, bis ein Klirren mich aus meiner Trance holt. Beinahe wäre ein Glas wegen meiner Unachtsamkeit zerbrochen, weil ich es so fest gegen die anderen Gläser gestellt habe.

Liam hebt den Kopf und sieht in meine Richtung.

»Entschuldigung, Sir, ich wollte Sie nicht unterbrechen.« Gestern bin ich schon zu oft ins Fettnäpfchen getreten. Er schenkt mir ein strahlendes Lächeln, und ich laufe sofort rot an.

Halt, weshalb denn? Er hat doch nur das schönste Lächeln, das ich je gesehen habe? Verwirrt über meine Gedanken drehe ich ihm den Rücken zu und mache weiter.

»Miss Reed. Nein, es ist sogar gut, dass sie mich unterbrochen haben, sonst würde ich noch bis zur Mittagszeit lesen.« Ich drehe mich wieder in seine Richtung und lächle verlegen. Liam steht auf und kommt auf mich zu. *Oh Gott, nicht schon wieder ein Flirtversuch von einem Coleman!* »Ich wollte heute sowieso mit Ihnen sprechen. Wegen des Unfalls. Ich habe mit meiner Versicherung telefoniert, und selbstverständlich komme ich für alle Kosten auf.«

»Danke, Sir. Das ist sehr freundlich von Ihnen. Mein armes Auto hat es wirklich schlimm erwischt.«

Dass ich mir eine Reparatur unmöglich selbst leisten kann, verschweige ich. Niemals werde ich zugeben, dass ich arm wie eine Kirchenmaus bin und diesen Job dringend brauche. Zwar komme ich aus einer wohlhabenden Familie, doch meinen Lebensunterhalt verdiene ich mir selbst, da ich meinen Eltern nicht auf der Tasche liegen möchte. Nicht, dass sie mich nicht unterstützen würden, doch ich war immer schon sehr auf meine Eigenständigkeit bedacht. Mom und Dad würden darauf bestehen, mir das Geld zu leihen, aber es ist ja immerhin Liams Schuld, also soll er auch für die Reparaturkosten aufkommen. Meine Eltern sind Arbeitstiere gewesen, haben sich um die Pferde auf unserer Ranch mehr gekümmert als um mich. Früher habe ich dann eben meine Hausaufgaben gemacht und selbst gekocht, falls unsere Haushälterin mal krank war. Das hat mich schon früh erwachsen werden lassen.

Ich senke meinen Blick, beschämt, auf das Geld seiner Versicherung angewiesen zu sein, und starre auf meine Füße.

»Gefällt es Ihnen hier?« Seine Stimme ist sanft und weich.

Ich hebe den Kopf und sehe ihm in die Augen. Seine Augen sind ebenfalls blau, und während Seans jedoch mehr ins Eisblaue gehen, besitzen Liams einen türkisen Hauch. Die Haare sind weizenblond, und die Downlights zaubern leichte Reflexe hinein, während sein Gesicht markant, ja beinahe hart wirkt. Liams Ausstrahlung ist durch und durch männlich, was seine geraden Schultern noch unterstreichen. Im Gegensatz zu seinem Bruder ist Liam breit gebaut und strahlt Autorität aus.

Heilige Scheiße! Was haben diese Coleman-Männer an sich, dass sie so unwiderstehlich sind? Liam lächelt mich an, scheint amüsiert über mein Starren zu sein.

Ich schüttle den Kopf und räuspere mich. »Danke, Sir. Es ist erst mein zweiter Arbeitstag, aber ich fühle mich sehr wohl hier.«

»Es freut mich, dass Sie Gefallen an uns gefunden haben.« Er lächelt verschmitzt und setzt sich daraufhin wieder auf seinen Stuhl.

Hat er mir gerade zugezwinkert? Verwundert erledige ich meine Aufgabe, stelle Gläser und Getränke auf dem Tisch bereit. Nachdem ich mit den Getränken fertig bin, mache ich mich daran, die Kaffeetassen zu sortieren. Dann betritt ein gut gelaunter Sean Coleman das Zimmer. Ich begrüße ihn flüchtig, während ich Liam eine Tasse Kaffee einschenke. Gestern habe ich ihm eine Ohrfeige verpasst und könnte noch immer vor Scham im Boden versinken. Meine Wangen brennen wie Feuer und ich bin froh, den beiden Brüdern den Rücken zugewandt zu haben. Ich atme tief durch und drehe mich wieder zu meinen Bossen um.

»Sorry, Brüderchen. Ich war noch reiten, deshalb die Verspätung«, sagt Sean frech grinsend, öffnet lässig den Knopf seines Jacketts und nimmt auf seinem Sessel Platz.

»Ach ja? Wen hast du denn geritten? Die Blondine von voriger Woche?«, fragt Liam lachend.

Ich versuche, ihr Gespräch zu ignorieren, aber es fällt mir schwer. Mit Tasse und Untertasse in der Hand stelle ich mich neben Liam und will ihm den Kaffee auf den Tisch stellen.

»Nein Liam, keine Blondine. Ich bin auf den Geschmack von brünetten Schönheiten mit Kurven an den richtigen Stellen gekommen«, antwortet er, und ich spitze die Ohren. Unsicher hebe ich den Blick, sehe in seine blauen Augen und weiß sofort, dass ich gemeint bin. Während er mit seinem Bruder spricht, wirft er mir einen vielsagenden Blick zu und leckt sich kurz über die Lippen.

Wie aus dem Nichts spüre ich ein Ziehen in meinem Unterleib, und ich muss an unsere Nacht zurückdenken. Eine wohlige Wärme erfüllt meinen Körper. Ich sehe ihn über mir, wie er mich angrinst und mich vollständig ausfüllt.

Überrascht über meine lüsternen Gedanken zucke ich zusammen. Meine Hand zittert, ebenso mein Körper, und ehe ich es verhindern kann, verschütte ich das brennend heiße Getränk über Liam Colemans Hose und Hemd.

Oh Erdboden, tu dich auf!

KAPITEL 6

Liam

Ich tauche ein in die Welt von William Shakespeare und befinde mich im alten Schottland des elften Jahrhunderts. Vor mir sehe ich, wie drei Hexen Macbeth und Banquo, zwei Feldherren des schottischen Königs, eine glänzende Zukunft prophezeien. Macbeth soll sogar bald König werden. Eine Prophezeiung kann jedoch aus verschiedenen Perspektiven immer anders gedeutet werden. Macbeth ist von Sein und Schein beeinflusst und derart geblendet, dass er sogar über Leichen geht, um an sein Ziel zu kommen. Mein Lieblingswerk von Shakespeare, da es zeigt, wie oft die Menschen nur das sehen, was sie sehen wollen.

Das Klirren von Glas holt mich aus der Vergangenheit zurück in die Gegenwart. Ich hebe den Blick und sehe Emma Reed, die gerade dabei ist, die Erfrischungen bereitzustellen.

»Entschuldigung, Sir. Ich wollte Sie nicht unterbrechen«, sagt sie ein wenig verlegen. Mir gefällt ihre schüchterne Art. Sie ist generell anders, nicht wie die anderen Mitarbeiterinnen, die sich alle nach meinem Bruder umdrehen und ihm und auch mir lüsterne Blicke zuwerfen. Emma Reed scheint professionell zu sein, was mir gut gefällt. Ich antworte ehrlich, dass ich sie sowieso aufsuchen wollte, um die Versicherungsfragen bezüglich des Unfalls zu klären.

»Danke, Sir. Das ist sehr freundlich von Ihnen. Mein armes Auto hat es wirklich schlimm erwischt.« Die Wehmut in ihrer Stimmer verstärkt meine Schuldgefühle. Auch wenn sie mich am Tag des Unfalls beschimpft hat, war ihr der Schock sichtlich ins Gesicht geschrieben.

»Gefällt es Ihnen hier?«, frage ich und wechsle somit das Thema. Ihr Blick wird durchdringender. Ihre Augen sind von einem warmen Braun, das tief in mein Inneres zu blicken scheint. Sie mustert mein Gesicht genauestens, und ich würde lügen, wenn ich sagte, dass es mir nicht gefällt. Um ehrlich zu sein, kann ich, seit sie mich auf offener Straße angeschrien hat, nicht aufhören, an sie zu denken. Denn Emma ist etwas Besonderes, macht mir nichts vor, sondern bleibt sie selbst. Was ich von den Frauen, die sich sonst für mich interessieren, nicht behaupten kann.

Ich bemerke, wie sich ihre Atmung aufgrund meiner Frage beschleunigt und dass sie offensichtlich auf mich reagiert. Es ist schon sehr lange her, dass ich eine Frau berührt habe, doch Emmas Nähe treibt mich schier in den Wahnsinn. Ihre Schönheit, ihr Lächeln, ihr wohlgeformter Körper haben es mir angetan. Am liebsten würde ich ihre rosige Wange streicheln, bevor ich ihre Lippen mit meinen bedecke. Ich würde ihren prallen Po anheben und sie hier auf diesem Tisch lieben, nach allen Regeln der Kunst.

Innerlich schüttle ich den Kopf über meine lüsternen Gedanken. *Ich kenne diese Frau doch kaum!*

Emma hat etwas an sich, das mich magisch anzieht. Vielleicht ist es ihr Geruch nach diesem süßlichen Parfüm und Rosenblättern. Von außen wirke ich vielleicht meist gefasst, in meinem Innern tobt jedoch ein Kampf von Lust und Vernunft.

Ich will diese Frau. Nicht nur fürs Bett. Ich möchte sie besser kennenlernen, auch wenn ich mir geschworen habe, nie wieder eine Frau an mich heranzulassen. Emma ist anders, besonders.

Sie antwortet, dass sie sich im Büro wohlfühle, und ich muss überlegen, was ich sie überhaupt gefragt habe.

»Es freut mich, dass Sie Gefallen an uns gefunden haben«,

sage ich zwinkernd und setze mich. Ich weiß, dass meine Wortwahl zweideutig ist, aber ich bin gerade in Spiellaune und genieße es, sie erröten zu lassen.

Sean kommt wie immer zu spät, setzt sich lässig mir gegenüber und erzählt etwas vom Reiten. *Ja genau! Mein Bruder und Pferde? Niemals.* Natürlich weiß ich, dass er das anzüglich meint, und frage auch gleich, wen er geritten hat, da ich von seinem Faible für dürre Blondinen weiß.

»Nein Liam, keine Blondinen. Ich bin auf den Geschmack von brünetten Schönheiten mit Kurven an den richtigen Stellen gekommen.«

Verwundert beobachte ich, dass sein Blick dunkel wird und er offensichtlich auf Emma anspielt. *Ist zwischen den beiden doch mehr vorgefallen?*

Die anzügliche Art, wie er sie ansieht, lässt mich scharf die Luft einziehen. *Ich dachte, sie hätte ihm eine geknallt? Wieso flirtet er dann immer noch mit ihr? Wieso zum Teufel stört es mich, Emma an Seans Seite zu sehen?* Ich kenne Emma zwar noch nicht so gut, spüre jedoch ein Gefühl, das uns verbindet. Außerdem finde ich nicht, dass mein Bruder zu ihr passt. Mein Blick bleibt auf Sean haften, der Emma schief angrinst.

Mein Herz schlägt schnell und hart gegen meine Brust und ich balle die Hände zu Fäusten. *Woher kommt diese Eifersucht?* Es macht mir nichts aus, dass Sean der neue Casanova persönlich ist, doch bei Emma ist das anders. Sie ist mir wichtig und ich will nicht, dass mein Bruder ihr wehtut. Sie sollte sich von ihm fernhalten.

Bevor ich nach einer Antwort auf meine Frage suchen kann, werde ich von einem heftigen Schmerz heimgesucht. Meine Oberschenkel brennen wie Feuer. Entsetzt sehe ich auf meinen Schoß. Emma hat die Tasse fallen lassen, und meine Hose saugt sich voll heißen Kaffee.

»Oh mein Gott! Mister Coleman, es tut mir schrecklich leid«, wimmert Emma mit hochrotem Kopf, hebt die Tasse und Untertasse auf, schnappt sich ein Geschirrtuch und geht neben mir auf die Knie. Ohne Vorwarnung beginnt sie, meine Hose trocken zu tupfen und bewegt sich gefährlich nah auf die verbotene Zone zu.

Für einen Moment vergesse ich den Schmerz, fixiere ihre Hand mit den Augen und fühle die blanke Erregung in mir aufsteigen. Meine Lider flattern, und ich balle die Hände zu Fäusten, um ein Stöhnen zu unterdrücken. Sie hier neben mir, auf den Knien und meinen Körper berühren zu sehen, lässt mich die Luft scharf einziehen. *Diese Frau bringt mich um den Verstand!* Aber auf eine heiße Art und Weise.

Am liebsten würde ich sie bitten, nie wieder damit aufzuhören, meine Hände kribbeln, wollen endlich Emmas Haut spüren, sie berühren. Doch ich spüre Seans wachsamen Blick auf mir und weiß, dass diese Situation sehr komisch auf ihn wirken muss. Ich räuspere mich, und Emma hält inne. Als ihr klar wird, was sie da gerade tut, lässt sie entsetzt das Tuch fallen und verlässt fluchtartig das Zimmer. Ich bilde mir sogar ein, ein Schluchzen gehört zu haben, verwerfe aber diesen Gedanken schnell.

Sean sieht ihr belustigt nach, ehe er sich mir zuwendet. »Diese Frau ist der Hammer, oder?« Er deutet mit einem Kopfnicken auf die Tür, aus der Emma gerannt ist.

Ich schnaube lächelnd, greife nach dem Geschirrtuch und versuche, mein Hemd und meine Hose zu trocknen. »Emma ist wohl eher ein ganzer Werkzeugkasten.«

Auf das Meeting kann ich mich kaum konzentrieren, weil ich dauernd an Emma denke. Sie muss sich nach diesem Abgang schrecklich fühlen. Es ist ihr zweiter Arbeitstag, und sie scheint ein Händchen für Fettnäpfchen zu haben. Das ist sogar mir in dieser kurzen Zeit aufgefallen. Als endlich die letzten Worte fallen, erhebe ich mich, sage Sean Bescheid, dass ich für heute Schluss mache, und verlasse den Besprechungsraum. Mein Ziel ist, klar, die Kaffeeküche. Ich spähe hinein, doch Emma ist nicht aufzufinden. Ich versuche es in ihrer Arbeitsnische, auch nicht. Mit gerunzelter Stirn gehe ich die gesamte Etage ab, weit und breit keine Spur von Emma. *Ist sie vielleicht früher nach Hause gefahren?*

Endlich sehe ich Jazzy und Hoffnung keimt auf. »Miss French. Wissen Sie, wo ich Miss Reed finden kann?«

Sie schnalzt genervt mit der Zunge und wickelt eine Strähne um ihren Zeigefinger. Oh, wie ich diese Frau verabscheue. »Ich sah, wie sie aus dem Besprechungsraum gestürmt ist. Sie sagte, ihr sei schlecht, und ist aufs Klo.«

»Geht es ihr gut? Haben Sie nach ihr gesehen?«, frage ich besorgt. *Mist, dieser Vorfall hat sie sicher sehr getroffen.*

Sie zuckt nur unbeteiligt mit den Schultern. »Nö, wieso sollte ich?«

Genervt werfe ich die Hände in die Luft und lasse sie stehen. Oft habe ich mich gefragt, ob sie nur das dumme Blondchen spielt oder wirklich hohl ist.

Vor der Damentoilette bleibe ich stehen, öffne die Tür einen Spaltbreit und spähe hinein. Die Toilette scheint leer zu sein. Ich will die Tür wieder schließen, höre aber ein Schluchzen, dann ein Schniefen und halte ein. Da drinnen ist jemand und weint. Ohne zu überlegen, gehe ich hinein. Von den fünf Damentoiletten ist nur eine versperrt. Langsam nähere ich mich der Tür. »Miss Reed? Sind Sie hier drinnen?«

»Liam? Ähm, ich meine, Mister Coleman?«

Ich bleibe abrupt stehen. Das war das erste Mal, dass sie meinen Vornamen benutzt hat. »Ja, ich bin es. Was ist los? Ist etwas passiert?«

»Was … was machen … Sie denn hier?«

»Ich wollte nach Ihnen sehen, konnte Sie aber nirgendwo finden.« Emma schluchzt, und langsam beginne ich mir wirklich Sorgen zu machen. Zu meiner Erleichterung höre ich, wie sie die den Riegel zur Seite schiebt und die Tür öffnet. Vor mir steht eine völlig aufgelöste Frau. Ihre Augen sind vom Weinen geschwollen, und ihr Körper zittert noch vom Schluchzen. Doch an ihrer verkrampften Haltung merke ich, wie sie verbissen versucht, die Toughe zu spielen. Ihr hilfloser Blick ruht auf mir, und der Wunsch, sie in die Arme zu nehmen, wächst mit jedem Wimpernschlag.

»Miss Reed. Wieso weinen Sie?«

Meine Frage lässt bei ihr alle Dämme brechen, und Tränen rollen über ihr wunderschönes Gesicht. »Es tut mir schrecklich leid, dass ich Kaffee über Ihrem Anzug verschüttet habe. Das war wirklich keine Absicht. Bitte feuern Sie mich nicht!«, fleht sie und senkt niedergeschlagen den Blick.

Ich hebe irritiert die Brauen. Ich hatte ja keine Ahnung, dass solch ein kleines Missgeschick sie dermaßen aus der Bahn werfen könnte. Augenblicklich greife ich nach ihrer Hand und drücke sie sanft, versuche ihr Halt zu geben.

»Herrgott, Emma. Ich würde Ihnen niemals wegen solch eines Missgeschicks kündigen. Es ist schon vergessen. Außerdem habe ich diesen Anzug nie gemocht«, scherze ich und sehe an mir hinunter. Der Fleck ist riesig, aber der Schmerz schon längst verflogen. Sie lächelt gequält, hält den Kopf jedoch noch immer gesenkt.

Ich greife mit Daumen und Zeigefinger nach ihrem Kinn, hebe es an und zwinge sie, mich anzusehen. Ihre Augen haben denselben Braunton wie die meiner Mutter. Das ist mir bis jetzt nicht aufgefallen. »Emma. So etwas kann jedem passieren. Ich bin Ihnen nicht böse. Und jetzt lächeln Sie. Das ist ein Befehl vom Boss!« Meine Mundwinkel zucken, obwohl ich streng dreinblicken will. Emma lächelt verlegen, sodass mein Herz wild zu schlagen beginnt.

Meine Finger berühren noch immer ihr Kinn, und so zart diese Berührung auch ist, scheint sie sich in meine Haut einzubrennen und verursacht diese quälende Begierde in mir. Ich bin möchte sie küssen, stelle mir vor, wie sie sich an mich schmiegt. Plötzlich bekomme ich eine Gänsehaut, die mich heiß und kalt zugleich erwischt. Verzweifelt will ich meine lüsternen Gedanken mit rationalem Denken in den Griff bekommen. *Stopp, was mache ich denn hier?* Sie ist schließlich meine Angestellte, wie kann ich also auf die Idee kommen, dass sie mich auch will? *Und doch ist sie … unwiderstehlich.* Widerwillig lasse ich von ihr ab, gehe einen Schritt zurück, will Abstand zwischen uns zu bringen.

»So, und nun möchte ich, dass Sie sich Ihre Tasche und den Mantel schnappen. Wir beide machen für heute Feierabend, und nachdem ich mich umgezogen habe, fahren wir in die Werkstatt.«

Diese hinreißende Frau, die sogar mit verlaufener Schminke wunderschön aussieht, nickt nur verlegen und verlässt stumm den Raum. Ich sehe ihr noch einen Moment nach, bevor ich mich selbst in mein Büro begebe. Meine Finger kribbeln noch immer von dieser einen Berührung. Seufzend atme ich tief ein und aus, hoffe, dass ich nicht schwach werde, meine Prinzipien über Bord werfe und bei dieser faszinierenden Frau die Beherrschung verliere, die mich so liebevoll Arsch genannt hat.

KAPITEL 7

Emma

Mit hochrotem Kopf verlasse ich die Damentoilette. *Was zum Teufel war das gerade? Warum ist er so nett zu mir? Und wieso rast mein Puls, nur weil er meine Hand gehalten und mein Kinn berührt hat?*

Viele Fragen schwirren in meinem Kopf und verwirren mich. Mein Peinlichkeitslevel ist für heute eindeutig überschritten, und mit einem Mal bin ich froh, früher nach Hause gehen zu können. Ich korrigiere: Zuerst muss ich mit meinem Boss in die Werkstatt fahren und erst danach kann ich mich in meiner Wohnung verkriechen.

Mit einem Kopfschütteln denke ich an mein Dilemma. Ich habe meinem Boss heißen Kaffee über den Schoß geschüttet. Noch immer könnte ich im Erdboden versinken, wenn ich nur an daran denke. Okay, dass ich Kaffee verschüttet habe, kann ja passieren. Aber dass ich auf Knien seinen Schoß abgetrocknet und seinem Schritt dabei gefährlich nah kam, war doch unangebracht. *Toll gemacht, Emma!*

Dieser Moment landet definitiv in den Top drei der Kategorie *Emmas peinlichste Auftritte*. Knapp hinter dem Abend, in dem die Eltern meines Exfreundes uns beim Sex erwischt haben, und der ungeschlagenen Nummer eins, wo ich gestolpert und gegen den Schritt meines Uniprofessors gefallen bin. Natürlich vor allen Kommilitonen!

Doch das ist noch nicht das Schlimmste. Sean Coleman hat es

sich anscheinend zur Lebensaufgabe gemacht, mich anzuflirten. Eigentlich sollte ich mich geschmeichelt fühlen, immerhin sieht er rattenscharf aus, aber ich tue es nicht. Eben genau deshalb. *Was findet er an mir?* Er kann jedes langbeinige Topmodel haben. Warum sollte er gerade an mir interessiert sein? Dass es am Sex liegt, kann ich mir nicht vorstellen, denn so gut bin ich darin nun auch nicht. Ich betrete die Garderobe, schnappe mir meinen Mantel und hole meine Tasche von meinem Arbeitsplatz.

»Wo wollen Sie denn hin, Miss Reed?«, erkundigt sich eine tiefe Stimme hinter mir. *Mist, kann er mich nicht einfach in Ruhe lassen?*

Ich nehme einen tiefen Atemzug und drehe mich um. Sean steht in meiner Büronische, sieht mich schmunzelnd an und hat die Arme vor der Brust verschränkt. Als er jedoch mein Gesicht erblickt, wird seine Miene ernst. Er macht einen Schritt auf mich zu und ich weiche instinktiv zurück. »Emma, hast du etwa geweint?«, fragt er sichtlich besorgt.

Oh nein! Ich habe vergessen, dass mein Make-up verlaufen ist! Sofort wische ich mit dem Finger unter meinen Augen entlang, obwohl es natürlich schon längst zu spät ist. *Oh Mann, wie viel peinlicher wird es noch werden?*

»Ähm … Ich … Wissen Sie …« Ich zucke mit den Schultern, weiß nicht, was ich sagen soll.

»Miss Reed, sind Sie so weit?«, höre ich Liam sagen und bin erleichtert, dass mich jemand unterbricht. Sean dreht sich um und sieht seinen Bruder an, der schon seinen schwarzen Mantel, einen grauen Schal und Mütze trägt.

Er runzelt die Stirn. »Wo wollt ihr zwei denn hin?«, meint er skeptisch und blickt abwechselnd zu seinem Bruder und mir.

»Wir hatten ja gestern diesen Unfall und müssen zur Werkstatt, um die Sache mit der Versicherung zu klären.«

»Ach ja, stimmt.« Sean nickt knapp und wendet sich wieder

mir zu. Seine Augen fixieren meine, und ich glaube, etwas wie Bedauern darin zu erkennen. Ich verwerfe diesen unsinnigen Gedanken aber schnell wieder. So verletzlich vor beiden Männern zu stehen, die mich auf solch intensive Weise in ihren Bann ziehen, verwirrt mich, und ich möchte am liebsten das Weite suchen. »Schönen Feierabend wünsche ich, Miss Reed«, sagt Sean kühl, dreht sich um und verschwindet aus meinem Sichtfeld. Erleichtert atme ich aus. Mir ist gar nicht bewusst gewesen, dass ich den Atem angehalten habe.

»Wollen wir?«, fragt Liam und schenkt mir ein freundliches Lächeln. Ich nicke und gehe voraus in die Tiefgarage.

Wir schreiten schweigend nebeneinander, jeder mit seinen Gedanken beschäftigt. Meine drehen sich natürlich um die Coleman-Brüder. Mein Leben war immer schon chaotisch, durch meine Tollpatschigkeit passiert es oft, dass irgendein Körperteil eingegipst wird. Aiden sagt immer, man könne mein Leben gut verfilmen. Mit dem Titel: *Emma Reed – Schlimmer geht immer.* Wie recht er hat, doch so war ich schon immer. Selbst im Kindesalter hatte ich einen Radar für Fettnäpfchen, in die ich mich mit einem Salto hineinstürzte. Die anderen Kinder mieden mich. Das zog sich auch in meine Teenager-Zeit, die Jungs interessierten sich einfach nicht für »Miss Tollpatsch«, wie sie mich früher nannten. Schließlich bin ich mit achtzehn von zu Hause ausgezogen und aufs College gegangen. Dort traf ich Aiden und hatte zum ersten Mal einen besten Freund. Nach meinem Bachelor in Medienmanagement habe ich eine Bewerbung nach der anderen verschickt, doch mit einem Job hat es einfach nicht geklappt.

Mit Männern habe ich bis jetzt eher wenig am Hut gehabt. Ein paar Flirts waren zwar schon dabei, aber nichts Ernstes. Jedenfalls bis Bradley Johnson in mein Leben trat – er war mein erster Freund, mein erstes Mal und meine erste Enttäuschung. Und nun sind Liam und Sean aufgetaucht, und mein Leben steht

Kopf. Nicht nur, dass sie beide attraktiv und reich sind, nein, sie müssen auch meine Chefs sein. Das Leben ist vieles, aber sicher nicht fair.

Wir betreten die Tiefgarage, ich fische die Autoschlüssel aus der Tasche und drücke den Knopf zum Entriegeln.

»Verdammt, das sieht echt schlimm aus.« Liam reißt mich aus meinen Gedanken. Er geht vor meinem heiß geliebten Wagen in die Hocke und schaut sich den Schaden genau an. Auf seiner Stirn bilden sich tiefe Falten, und er mahlt mit dem Kiefer. Ich weiß, dass er sich Vorwürfe macht, bis mir der Grund für den Unfall wieder einfällt.

»Wieso sind Sie überhaupt über Rot gefahren?«

Liam erhebt sich langsam, weicht meinem Blick aus. Er wirkt hin- und hergerissen, ob er mir die Wahrheit sagen solle oder nicht. »Ich hatte an diesem Morgen höllische Kopfschmerzen, dadurch habe ich wohl nicht mehr auf die Straße geachtet. Es tut mir leid, Emma. Ich hätte dich töten können.«

Seine Stimme zittert, und er ballt die Hände zu Fäusten. Er nennt mich beim Vornamen. Aus seinem Mund klingt mein so Name fremd, so *schön*. Dabei hasse ich diesen Namen, weil er gewöhnlich ist.

»Es ist schon okay. Zum Glück ist Ihnen und mir nichts passiert.«

Liam kommt auf mich zu, bleibt vor mir stehen. *Oh nein.* Sein Duft, gepaart mit einem männlich markanten Parfüm dringt mir in die Nase, lässt mein Herz höher schlagen. Ich versuche, diesen herben Geruch heimlich tief einzuatmen. Mein Herz rast, und das nur, weil er vor mir steht. *Vielleicht habe ich ja Herzrhythmusstörungen? Oder vielleicht bin ich einfach hin und weg von ihm?*

»Ich finde, wir sollten uns außerhalb der Agentur duzen.«

»Nein, ich denke, das wäre keine gute Idee, schließlich sind

Sie mein Boss und ich erst kurz in Ihrem Unternehmen beschäftigt.« *Was würden die anderen im Büro denken, wenn ich unbeabsichtigt meinen Boss beim Vornamen nennen würde?*

»Das stimmt zwar alles, aber wir haben schon durch den Unfall eine gemeinsame Vergangenheit, und außerdem klingt ›*du* Arsch‹ besser als ›*Sie* Arsch‹. Findest du nicht?« Sein charmantes Grinsen ist so anziehend, dass ich lächeln muss. Mir ist es immer noch total peinlich, dass ich meinen Boss bei unserer ersten Begegnung beschimpft habe. Zwar hat Sean mir auch das Angebot gemacht, uns zu duzen, aber da wollte er mich in der Kaffeeküche vernaschen. Mit Liam ist das anders, er flirtet nicht mit mir, sondern ist einfach nur freundlich. Schließlich gebe ich mir einen Ruck und lasse meine Bedenken fallen.

»Na gut.« Liam schenkt mir ein hinreißendes schiefes Lächeln, und mein Herzschlag erhöht sich augenblicklich. Dieser Mann mit seinem gebräunten Teint, seinen warmen türkisen Augen und seiner charmanten Art hat es mir angetan. Natürlich ist es völliger Schwachsinn, seinen Boss zu begehren, aber ich kann nun mal nicht anders. Er reicht mir die Hand. Ich ergreife sie, und auf einmal spüre ich wieder dieses Kribbeln, das bis zu den Zehen dringt. Seine Hand ist rau und warm und fühlt sich verboten gut an.

»Hi. Liam Coleman. Bürohengst bei Tag, Superheld bei Nacht. Freut mich, dich kennenzulernen.«

Ich lache laut auf und werfe den Kopf in den Nacken. Damit habe ich jetzt wirklich nicht gerechnet. »Hey, Liam. Mein Name ist Emma Reed. Deine Mitarbeiterin bei Tag und gewöhnliche Frau bei Nacht.«

Er grinst, sieht mir tief in die Augen und drückt mir sanft die Hand. Ich schlucke, und mir wird heiß. Überall. Seine Blicke sind so intensiv, dass sich eine Gänsehaut auf meinem Körper ausbreitet. Mein Puls rast, und ich bin gefangen in dem tiefen

Türkisblau seiner Augen. »Dein Lachen klingt wunderschön, Emma.«

Ich senke verlegen den Kopf, ich konnte noch nie mit Komplimenten umgehen. »Danke.«

Er lächelt schief, geht zur Beifahrertür, doch bevor er sie öffnet, sieht er mich an. »Und, Emma ...«

»Ja?«

»Du bist alles, aber ganz sicher nicht gewöhnlich.«

Dann öffnet er die Tür und steigt in mein Auto. Mit geröteten Wangen lächle ich kurz, tue es ihm schließlich gleich, steige ein und starte den Wagen. Nachdem ich die Tiefgarage verlassen habe, erklärt Liam mir den Weg zu seinem Apartment.

Wir fahren auf der Upper West Side, die Geschäfte und Gebäude werden immer exklusiver, und mit einem Mal wird mir wieder klar, wer neben mir sitzt. Baldiger Geschäftsführer einer Topagentur.

Ich lache in mich hinein. Bis vor Kurzem war ich noch Mitarbeiterin in einem Coffeeshop, heute sitze ich mit einem der reichsten Männer und einem der Bosse der angesehensten Marketingagentur der Stadt in einem Auto.

»Mein Auto steht schon in der Werkstatt, es wird bis heute Mittag repariert, mein Vater hat mich heute Morgen mit ins Büro genommen«, erklärt er kurz, bevor wir in eine Straße einbiegen, in der offensichtlich sehr wohlhabende Menschen leben.

»Macht es dir etwas aus, wenn ich mit dir zur Werkstatt fahre?«

Ich schlucke. Werde augenblicklich nervös. Es ist ja schon reinste Folter, kurz neben diesem Bild von einem Mann zu sitzen und ihn nicht berühren zu dürfen, doch den ganzen Vormittag? *Das wir die Hölle!*

»Nein. Mir macht das nichts aus«, antworte ich und kralle mich am Lenkrad fest.

»Hier rechts rein, in die Tiefgarage.«

Ich fahre, wie mir befohlen. Er reicht mir eine Karte aus seiner Brieftasche, die ich in den Schlitz an der Schranke schiebe. Diese öffnet sich, und ich parke in die mir zugewiesene Lücke.

Liam steigt aus, während ich im Auto sitzen bleibe. Er umrundet den Wagen und klopft an mein Fenster. Überrascht lasse ich die Scheibe hinuntergleiten und sehe ihn fragend an.

»Willst du denn nicht mit reinkommen?«, fragt er ein wenig verwundert. Ich hebe die Brauen. Das ist sicher keine gute Idee. Ich bin eine wandelnde Katastrophe auf zwei Beinen. Bei meinem Glück werde ich seine Wohnung in kürzester Zeit in Brand stecken.

»Nein, ich glaube, es ist besser, wenn ich hier auf dich warte.«

»Nun, ich will ja nicht unhöflich sein, aber du solltest vielleicht dein Gesicht waschen, bevor wir weiterfahren.«

Da fällt mir wieder ein, dass ich mir vor wenigen Minuten noch die Seele aus dem Leib geheult habe und mein Make-up im Eimer ist. »Oh, das hab ich total vergessen.«

Im Verhältnis zu meiner kleinen Zweizimmerwohnung ist seine riesig. Im Wohnzimmer hätte ich ohne Schwierigkeiten mein komplettes Mobiliar unterbringen können. Die Einrichtung ist modern, aber gemütlich und lichtdurchflutet. An einer Seite im Wohnzimmer befindet sich ein riesiger, verkleideter offener Kamin, der in die Wand eingelassen ist. Weiße Türen und deckenhohe Panoramafenster, ähnlich wie im Büro. Erstaunt über die geschmackvolle Einrichtung lasse ich den Blick schweifen. Antike Schränke, bunte Teppiche und volle Bücherregale verleihen der Wohnung eine besondere Note. Schließlich stelle ich mich vors Fenster und sehe hinaus. Die Aussicht ist ein Traum. Man kann direkt auf den Hudson River und die Skyline New Yorks schauen.

»Möchtest du etwas trinken?«

Ich drehe mich zu Liam um, der den Mantel ausgezogen hat und im Anzug vor mir steht. Ich schüttle den Kopf und sehe auf seine Hose. Der braune Fleck lässt mich wieder erröten und an mein Missgeschick vorhin denken. Wie nah ich seiner Intimzone war, lässt mich erschaudern.

»Kann ich dein Bad benutzen oder willst du vorher duschen?«

»Das Gästebad ist gleich hier.« Er deutet mit dem Finger auf eine Tür. »Meins ist direkt neben dem Schlafzimmer. Ich werde mich schnell unter die Dusche stellen.«

Ja klar, natürlich hat er mehrere Badezimmer. Immerhin ist er reich.

Das Bad ist, wie schon der Rest der Wohnung, hell eingerichtet, wirkt gemütlich und geschmackvoll zugleich. Neidisch blicke ich auf die frei stehende Badewanne in der Mitte des Raums. Und das im Gästebad! Solch ein Luxus ist mir leider nicht vergönnt.

Nachdem ich mich frisch gemacht habe, verlasse ich das Zimmer. Liam ist nicht mehr zu sehen. Ich drehe mich um meine eigene Achse und schaue mich ein wenig im Wohnzimmer um. Auf dem Kaminsims stehen Fotos von Liam mit Freunden und einem kleinen Mädchen. Das Rauschen des Wassers in der Dusche lenkt meine Aufmerksamkeit wieder auf meinen sexy Boss. *Ich frage mich, wie er wohl unbekleidet aussieht? Hat er wirklich viele Muskeln, wie es den Anschein hat? Kann ich? Nein, das wäre unverschämt ... aber ein kleiner Blick? Kann ja nicht schaden.*

Die Versuchung ist einfach zu groß, und ich ertappe mich dabei, wie ich mich langsam seinem Schlafzimmer nähere. Es ist wie ein Magnet, der mich anzieht. Ich schreite durch den Flur, bestaune dabei die wunderschönen, abstrakten Gemälde an der Wand. Mit jedem Schritt nähere ich mich der halb offenen Tür und spähe in Liams Schlafzimmer. Die Wände sind in einem hellen Grauton gestrichen, und das Kingsize-Bett ist aus edlem Nussholz. Da die Tür nur einen Spaltbreit geöffnet ist, kann ich nicht mehr entdecken.

Plötzlich wird mir die Sicht versperrt, denn Liam geht nur mit einem Handtuch um die Hüften zum Kleiderschrank und stöbert darin nach etwas Frischem zum Anziehen. Ich habe perfekten Blick auf seinen Körper, und was ich sehe, lässt mir die Kinnlade hinunterfallen. Wie gebannt starre ich auf diesen muskulösen Körper, der vom Duschen noch feucht glänzt.

Mit jeder Bewegung spannen sich seine Muskeln an, sodass mir das Wasser im Mund zusammenläuft. Er dreht sich um, und ich kann die Vorderansicht genießen. Seine Bauchmuskeln sind trainiert, genauso wie der Rest seines Körpers. Breite Schultern, strammer Bizeps und sehnige Unterarme, an denen Adern hervortreten. Mir wird augenblicklich heiß, wenn ich mir vorstelle, wie es sich wohl anfühlen muss, diese Haut zu berühren. Im Geist fahre ich mit den Fingerspitzen seine harte, nackte Brust hinunter, über das Sixpack zu seinem Becken.

Kopfschüttelnd beiße ich mir auf die Unterlippe und atme schneller. Der Mann kann wahrhaftig einem Unterwäschemodel Konkurrenz machen. Als ein dicker Wassertropfen von seinem Oberkörper zum Schritt perlt, seufze ich auf, und mein Unterleib zieht sich lustvoll zusammen. Was würde ich dafür geben, ihn spüren zu können. Er nimmt ein Hemd aus dem Schrank, legt es aufs Bett. Plötzlich läutet mein Handy in der Hosentasche, und es kommt, wie es kommen muss: Er entdeckt mich und sieht, wie ich lüstern an der Lippe kaue und heimlich seinen nackten Oberkörper anbete.

Gütiger Gott im Himmel, wieso hasst du mich so sehr?

KAPITEL 8

Liam

Die ganze Fahrt über sauge ich Emmas berauschendes Parfüm ein. Ständig stelle ich mir vor, wie es wohl wäre, sie zu berühren und mein Gesicht in ihren Haaren zu vergraben, ihre Lippen auf meinen zu spüren und diesen wohlgeformten Körper an mich zu pressen.

Verdammt noch mal! Sie arbeitet für dich!, keift mein Unterbewusstsein, und ich kann ihm nur zustimmen. Emma zu begehren ist falsch. Es würde meinem Ruf schaden, etwas mit einer Angestellten anzufangen. Ständig wird über Seans Affären getratscht, und ich möchte mich da nicht einreihen.

In meiner Wohnung angekommen schaut sie sich mit großen Augen um, stellt sich vors Fenster und blickt auf die Skyline New Yorks. Ich sehe von der Küche aus auf ihren Rücken, betrachte ihre Silhouette. Sie ist die erste Frau, die mich nach meinen schlechten Erfahrungen wieder interessiert, mit der ich mir eine Beziehung vorstellen kann. Ihre braunen Haare reichen ihr bis zur Taille, ihr Teint ist hell und gleicht dem einer Porzellanpuppe, und ob ich es mir eingestehen will oder nicht, sie gefällt mir. Sehr sogar.

Nachdem sie die Frage nach einem Getränk verneint hat, zeige ich ihr das Gästebad, das sie sofort betritt. Ich tue es ihr gleich, gehe in mein Badezimmer, streife mir die Klamotten ab und stelle mich unter die Dusche. Das kalte Wasser, das auf mich herunterprasselt, schenkt mir die gewünschte Abkühlung.

Ich muss einen klaren Kopf behalten. Ich bin nicht wie Sean. Er würde keine Sekunde warten und sich sofort auf Emma stürzen.

Nein, das kann ich nicht machen. Ich habe Verantwortung zu tragen. Bald bin ich Inhaber einer angesehenen Marketingagentur. Ich stelle das Wasser ab, greife mir ein Handtuch und wickle es mir um die Hüften. Da ich Emma nicht zu lange warten lassen will, eile ich zu meinem Kleiderschrank und stöbere darin nach frischer Kleidung. Meine Wahl fällt auf mein Lieblingshemd, das ich aufs Bett lege. Plötzlich höre ich das Klingeln eines Handys.

Ich sehe automatisch in die Richtung, aus der der Laut vermutlich kommt, und entdecke Emma, die mich mit interessiertem Blick ansieht. Wie von der Tarantel gestochen ergreift sie die Flucht, und ich lächle in mich hinein.

Dass sie mich heimlich beobachtet, stört mich nicht im Geringsten. Irgendwie schmeichelt es mir sogar, dass sie mich anscheinend attraktiv findet. Wenn sie nur wüsste, dass ich auch sie begehre. Dann gäbe es kein Zurück.

Ich bin kein Mann für eine Nacht. Wenn ich eine Frau will, dann mit Haut und Haaren. Im Gegensatz zu meinem Bruder, der noch nie eine Beziehung hatte, liebe ich es, jeden Morgen mit derselben Frau aufzustehen, mich mit ihr zu streiten, sie zu verwöhnen und ihr die Welt zu Füßen zu legen.

Dass ich wieder Gefühle für eine Frau hege, verwirrt mich, da ich den Verrat von Diane nicht vergessen habe. Sie hat mir das Herz gebrochen und auch meine Seele. Damals dachte ich, dass ich nie wieder eine andere Frau begehren würde, und hier stehe ich nun, freue mich, dass Emma mich beobachtet hat.

Anscheinend geht es der lieben Miss Reed genau wie mir. Wir haben beide Gefallen aneinander gefunden, jedoch steht die Arbeit zwischen uns. Hastig ziehe ich mir schwarze Jeans, Hemd und Lederjacke an. Ich verlasse mein Schlafzimmer, sehe auf eine telefonierende Emma, die sich mit der anderen Hand die Haare rauft.

»Was!?«, schreit sie und ich zucke überrascht zusammen.

»Wie meinst du das, dass du an Weihnachten auf Hawaii bist? Ich dachte, wir bleiben unserer Tradition treu!«

»Aiden, bitte. So toll kann der Sex mit ihm nicht sein, dass du dafür deine beste Freundin im Stich lässt.« Sie hört kurz dem Gesprächspartner zu, bevor sie sich wieder in Rage redet. »Ach komm, das ist mit meinem One-Night-Stand überhaupt nicht zu vergleichen.«

Emma und ein One-Night-Stand? Das hätte ich jetzt nicht vermutet, und sofort schießt mir wieder die Eifersucht durch den Körper. Die Vorstellung von Emma in den Armen eines fremden Mannes gefällt mir ganz und gar nicht.

»Aber …« Sie beginnt auf und ab zu gehen, ohne mich zu bemerken. »Nein, ich habe sicher keine Gefühle für S–« Emma dreht sich um, erblickt mich, fährt erschrocken zusammen und legt sich die Handfläche auf die Brust. Sie holt tief Luft und spricht weiter. »Wir besprechen das später, du elender Verräter«, knurrt sie in den Hörer und legt auf.

»Hast du mich erschreckt!«

»Alles okay mit deinem besten Freund?«

Sie schüttelt niedergeschlagen den Kopf. »Nein, leider nicht. Normalerweise sind Aiden und ich über die Feiertage allein und gehen aus. Aber er hat jemanden kennengelernt, und das heißt, Emma ist allein in New York. Ich hoffe nur, dass mich keine Einbrecher überraschen wie damals den kleinen Jungen in dem Film.« Sie lacht.

»Das wird schon nicht schlimm werden, oder?«

»Ich hoffe es.«

In der Werkstatt geht alles ganz schnell. Die Formulare sind ausgefüllt, Emma hat einen Leihwagen bekommen, und somit ist auch mein Gewissen beruhigt und quält mich nicht mehr. Das

Knurren meines Magens weist mich darauf hin, dass es schon längst Mittag ist und ich einen Bärenhunger habe.

»Hast du Hunger?«, frage ich Emma, nachdem wir die Werkstatt verlassen haben und sich unsere Wege fast trennen.

»Ja. Riesenhunger.«

Ich führe sie zu meinem Lieblingsrestaurant nicht weit von meinem Apartment entfernt.

»*Mister Chen's Castle?* Hört sich gut an«, sagt Emma, nachdem wir das Restaurant betreten haben. Die Einrichtung ist wie in jedem anderen klassisch-asiatischen Restaurant: rot tapezierte Wände, chinesische Musik, die leise im Hintergrund spielt, dazu noch dunkle Mahagoni-Tische und antike Stühle. An den Wänden hängen große Gemälde vom alten China. Das Essen hier ist eine Offenbarung. Früher bin ich immer mit Diane hergekommen, doch ich schiebe die Gedanken an meine Ex weit von mir.

»Ich nehme das Hähnchencurry, dazu Frühlingsrollen und gebratene Nudeln«, bestellt Emma, und ich muss mir auf die Lippe beißen, um nicht laut loszulachen. Emma kann essen. Endlich eine Frau, die eine ordentliche Portion verdrücken kann, ohne Kalorien zu zählen.

»Ich nehme dasselbe wie meine charmante Begleitung. Danke.«

Der Kellner nickt kurz und verlässt unseren Tisch. Meine Aufmerksamkeit lenke ich auf die bezaubernde Frau mir gegenüber, die sich umsieht. Dieses Restaurant ist alles andere als teuer oder angesagt, eher gemütlich, und genau das scheint Emma zu gefallen, denn sie strahlt mich wieder an. Sie hat das schönste Lächeln, das ich je gesehen habe.

»Schön ist es hier.«

»Ja, nicht wahr? Das Essen hier ist köstlich, du wirst es sehen.«

»Daran habe ich keinen Zweifel. Ich vertraue dir dabei blind.«

Sie schmunzelt und sieht mir intensiv in die Augen.

»Sag mal, Emma, bist du aus New York oder hergezogen?«

»Ich bin ein Landei, komme aus dem fernen Texas. Meine Eltern haben eine Pferderanch in Austin.«

»Wow, das klingt doch cool. Reitest du selbst gern?«

»Ich liebe es. Auf dem Rücken eines Pferdes fühle ich mich endlos frei. Meine Eltern haben sich ein kleines Imperium aufgebaut. Sie besitzen einundzwanzig Ställe in ganz Texas, haben viele Trophäen auf Reitturnieren gewonnen und verkaufen auch Pferde«, erklärt sie stolz, und ihre bernsteinfarbenen Augen funkeln vor Glück.

»Wow, das klingt toll. Ich habe da eine Frage: Wieso fährst du nicht nach Texas über die Feiertage?«

»Das würde ich ja gern. Aber wie Aiden und ich haben meine Eltern auch eine Tradition, und das seit über dreißig Jahren. Sie fahren jedes Jahr über Weihnachten und Neujahr nach Barbados und erholen sich von einem stressigen Jahr.«

»Oh, verstehe. Verzeih mir die Frage, aber wieso …?«

»Ich nicht mitfliege?«, nimmt sie mir die Worte aus dem Mund. Ich nicke belustigt. »Weil meine Eltern auch nach über drei Jahrzehnten noch immer glücklich verliebt sind. Und glaub mir, sie machen nicht mal vor ihrer Tochter Halt, sondern knutschen, was das Zeug hält.«

Emma rümpft angewidert die Nase und schüttelt sich vor Ekel. Ich lache laut auf und reibe mir das Kinn.

»Das ist schön.«

»Knutschende Eltern?«, fragt sie entsetzt.

»Dass sie nach langer Zeit noch glücklich sind.«

Sie senkt den Blick, scheint nachzudenken, und ich würde sonst etwas geben, um ihre Gedanken lesen zu können. »Das stimmt, es ist schön, wenn eine Liebe über drei Jahrzehnte hält. Wie sieht es mit deinen Eltern aus?«

Ich seufze. An meine Familie zu denken bringt mir doch nur

Kopfschmerzen. Aber es fühlt sich richtig an, mit Emma über mein Leben zu sprechen.

»Sie waren nie glücklich. Ich korrigiere, meine Mutter war nie glücklich. Sie liebte meinen Vater, er jedoch betrog sie nach Strich und Faden, hatte mehrere Geliebte gleichzeitig. Sean und ich waren zu beschäftigt mit unseren Teenager-Sorgen, um es zu bemerken, aber Mom wusste von all seinen Frauen. Und trotzdem blieb sie bei ihm, immerhin hatte sie ihn geliebt. Betrug hin oder her. Als mein Vater schließlich merkte, was er Mutter mit diesen Affären antat, war es zu spät. Sie starb an einem Hirntumor.«

Tränen bahnen sich an die Oberfläche, doch ich kann sie runterschlucken. Es ist zu lange her, dass es mich noch aus der Bahn wirft. Die unbeschwerte Stimmung ist dahin, irgendwie sind wir beide in Gedanken versunken.

Plötzlich legt sie ihre weiche Hand auf meine und sieht mir mitfühlend in die Augen. »Es tut mir sehr leid für dich, Liam. Du musst sie schrecklich vermissen«, sagt sie aufrichtig, und ein wohliger Schauer durchfährt meinen Körper.

Ich hebe die Hand, bin Zentimeter von ihrer Wange entfernt, halte jedoch ein und senke sie wieder. Sie sieht enttäuscht über mein Zögern aus.

»Hast du einen Freund, Emma?« Ich muss es einfach wissen.

Sie lacht. »Glaubst du, wenn ich einen Freund hätte, würde ich Aiden anbetteln, dass er mich nicht hängen lässt?« *Tja, wer dumme Fragen stellt, bekommt auch eine solche Antwort.* »Wie sieht es mit dir aus? Gibt es eine Mrs Coleman?«

Ich schüttle den Kopf. »Nein. Ich war einmal verheiratet, aber das war ein Desaster. Aber ich bekam trotz dieser gescheiterten Ehe das schönste Geschenk, was man bekommen kann.«

»Und das wäre?«

»Meine Tochter Ava.«

KAPITEL 9

Emma

Zu sagen, dass ich überrascht bin, ist wohl die Untertreibung des Jahrhunderts. »Du hast eine Tochter? Aber … wann? Ich meine, versteh mich nicht falsch, du siehst noch sehr jung aus«, stottere ich unbeholfen. Soweit ich aus den Medien weiß, ist er siebenundzwanzig Jahre alt und Sean zwei Jahre jünger.

Er schenkt mir ein breites Grinsen. »Damit könntest du recht haben. Diane und ich waren sehr jung, als wir geheiratet haben. Zwanzig, um genau zu sein. Ein Jahr später kam Ava schon zur Welt. Auch sie konnte unsere Ehe nicht retten.« Betrübt senkt er den Blick und ballt die Hände zu Fäusten.

Was zwischen ihnen wohl passiert ist? »Das tut mir leid. Lebt sie bei dir oder deiner Exfrau?«

»Leider bei ihr.«

»Es muss schwer sein, sie nicht jeden Tag zu sehen.«

»Du hast ja keine Ahnung wie sehr, Emma. Früher dachte ich, ich verliebe mich, heirate einmal, bekomme Kinder und bleibe mit meiner Frau glücklich bis ich sterbe.«

»Das ist eine schöne Vorstellung, mit der wahren Liebe für immer glücklich zu sein.« Ich bin hoffnungslose Romantikerin und glaube an die Liebe, auch wenn sie einen manchmal in den Wahnsinn treibt. Nie habe ich nach Reichtum oder Ansehen gestrebt. Ein Mann, der mich genauso liebt wie ich ihn, das reicht mir, um glücklich zu sein.

»Wie sieht es bei dir aus in der Liebe?«, fragt Liam mich.

Ich beiße mir auf die Lippe, um nicht laut loszuprusten. »Was ist das? Kann man das essen?«

»So schlimm?« Er scheint überrascht.

»Na ja. Mein erster Freund war auch meine erste herbe Enttäuschung. Nach zwei Jahren hat er mich für eine andere verlassen. Danach ging es mir sehr schlecht. Ich habe mich in mein Schneckenhaus verkrochen und mir die Schuld an allem gegeben. Vielleicht war ich ihm nicht gut genug, keine Ahnung«, erkläre ich mit einem Kloß im Hals.

Wieso ich ihm das alles erzähle, weiß ich auch nicht. Wenn Liam in meiner Nähe ist, fühle ich mich ungewöhnlich wohl, so geborgen und sicher. Obwohl ich ihn erst kurz kenne, vertraue ich ihm. *Ob das ein Fehler ist?*

Liam schüttelt den Kopf, beugt sich vor und greift nach meiner Hand. Sofort rast mein Puls, die Atmung geht schneller, und ich kann den Blick nicht von diesen unglaublichen Augen abwenden. Sein Dreitagebart wirkt sexy und weich, die weizenblonden Haare sind vom Duschen wild zerzaust, und sein Duft könnte nicht unwiderstehlicher sein als gerade in jenem Moment. Eine Mischung aus diesem herben Parfüm und ganz viel Liam.

Wie konnte seine Exfrau nur auf die Idee kommen, ihn jemals zu verlassen? Auf mich wirkt er wie der absolute Jackpot.

Er streichelt mir den Handrücken und lenkt meine Aufmerksamkeit wieder auf sich. »Emma, du bist eine wunderschöne und intelligente Frau.« Seine Stimme ist sanft, liebkost mein Ohr. Ich höre ihm gerne zu. »Ich verstehe absolut nicht, wie er dich verlassen konnte. Du wirkst auf mich wie eine Traumfrau.«

Hat mein Boss das gerade wirklich zu mir gesagt? Und, wow, er denkt dasselbe über mich wie ich über ihn?

Als Liam bewusst wird, was er da eben zu mir gesagt hat, lässt er meine Hand los und lehnt sich in den Stuhl zurück. Peinlich berührt sehe ich zu Boden, bemerke, wie die Stelle meiner Haut, auf der seine Hand gelegen hat, sich nach dieser Wärme zurücksehnt.

Wäre er doch bloß nicht mein Boss. Ich seufze in mich hinein und bin froh, dass der Kellner das Essen serviert.

»Danke für das Kompliment.« Meine Stimme ist nur ein Flüstern. *Dieser Gott von einem Mann findet, ich sei eine Traumfrau! Vielleicht ist er ja betrunken und fantasiert?*

Ich spüre Liams Blick auf mir und kann einfach nicht anders als aufzusehen und in seine fesselnden Augen zu schauen. »Ich sage nur die Wahrheit. Danke, dass du mir zuhörst, Emma.«

»Ich fühle mich geschmeichelt, dass du mir so weit vertraust, um mir von deinen Problemen zu erzählen.«

»Ich weiß selbst nicht, wieso ich dir das alles gesagt habe, immerhin kennen wir uns kaum. Aber wenn wir zusammen sind, fühle ich mich einfach wohl.«

»Mir geht es genauso.« *Jetzt ist es raus!*

Er schenkt mir ein charmantes Lächeln, bevor er zur Gabel greift. »Das freut mich, und nun lass uns essen. Ich sterbe vor Hunger.«

»Danke für die Einladung.« Wir stehen auf dem Parkplatz und genießen die wärmenden Sonnenstrahlen. Die Temperaturen sind im Gegensatz zum frostigen Morgen im Plusbereich, und es ist angenehm im Freien.

»Es war mir ein Vergnügen«, erwidert er, und mit jedem Wort, das seine Lippen verlässt, kommt er mir näher. Ich lehne mich gegen das Leihauto, ein klappriger Japaner, und erwidere diesen Blick. Dicht vor mir bleibt er stehen und reicht mir die Hand. »Emma, ich danke dir für das Gespräch von vorhin. Es ist lange her, dass ich so offen mit jemandem sprechen konnte.«

Ich drücke ihm die Hand, und allein durch diese Berührung

schlägt mein Herz schneller. Seine Wirkung auf mich treibt mich in den Wahnsinn! »Gern geschehen, Liam. Bis morgen.«

Ich lasse seine Hand los, und er entfernt sich ein Stück vom Auto, damit ich die Tür öffnen und einsteigen kann. Er sieht mir zu, wie ich den Schlüssel in das Zündschloss stecke. Ich drehe ihn, doch es ertönt nur ein komisches Geräusch, das mich an Zähneknirschen erinnert.

Mit einem Kopfschütteln versuche ich es erneut – mit demselben Ergebnis. Wütend schlage ich auf das Lenkrad und glaube, wahnsinnig zu werden. *Wieso werde ich so vom Unglück verfolgt?* Ich versuche doch nur, den Tag zu überstehen, wie jeder andere Mensch auch. *Warum besteht mein Alltag trotzdem nur aus Pech?*

Das schwache Licht der untergehenden Sonne scheint mir ins Gesicht, und ich schließe fluchend die Augen. Von allen Leihautos muss ausgerechnet ich ein kaputtes bekommen.

Das ist ein typischer Emma-Reed-Moment. Wenn ich glaube, es läuft einigermaßen gut, kommt die Schicksalsfee und verpasst mir eine Katastrophe nach der anderen.

Ein Klopfen reißt mich aus den trüben Gedanken. Ich öffne schlagartig die Augen, drehe den Kopf zur Seite und sehe in Liams Gesicht. Er lächelt, und ich laufe augenblicklich rot an. *Hat er meinen Wutausbruch etwa beobachtet? Ich dachte, er wäre schon längst weg.*

Ich kurble die Fensterscheibe runter.

»Na, haben wir ein Problem mit dem Auto?«, fragt er scherzend, und am liebsten würde ich ihm für diese Bemerkung ins Gesicht schlagen. *Wie sieht es denn für Sie aus, Mr Neunmalklug?*

»Ich befürchte schon«, knurre ich versucht, meine Wut im Zaum zu halten.

»Nun, ob du es glaubst oder nicht, ich bin ausgebildeter Held, und meine Pflicht ist es, Jungfrauen in Nöten zu helfen.«

Und schon ist mein Argwohn vergessen. *Blöder Arsch! Wieso musst du auch derart sexy sein, dass ich nicht mal richtig wütend sein kann?*

»Sehe ich denn aus wie eine Frau in Nöten?«

»Na ja, zumindest wie eine, die auf ein Lenkrad einschlägt und flucht wie ein Kesselflicker. Also denke ich schon, dass Hilfe willkommen ist.«

Ich kaue auf der Lippe. *Dieser Mann ist einfach der Wahnsinn!* Da schafft er es tatsächlich, meine Laune zu bessern – nur mit ein paar Worten.

»Kommt, Mylady, lasst mich Euch zu Eurem Gemach geleiten.«

Vor meiner Wohnung parkt er das Auto, umrundet es und öffnet mir die Beifahrertür. *Wow, anscheinend sind Gentlemen noch nicht ausgestorben.*

Da sein Wagen ein SUV ist, man also höher sitzt als normal, versuche ich locker und lässig auszusteigen, doch ich bin Emma Reed. Natürlich stolpere ich über meine eigenen Füße, falle aus dem Auto, knalle gegen einen überraschten Liam und wir landen auf dem harten Asphalt – ich obenauf.

Ich erwarte, dass er total sauer auf mich ist und sich vor Schmerzen windet, so wäre es wohl mir ergangen. Doch es geschieht nichts dergleichen. Ich schaue von seiner Brust auf, sehe ihm tief in die Augen. Sein Blick ist weder belustigt noch sauer, sondern warm und liebevoll. Ich liege auf ihm, die Hände ruhen auf seiner Brust, und mein Kopf leuchtet wohl so rot, dass man es mit absoluter Sicherheit vom Mond aus erkennen könnte.

Er hält mich, beide Hände an meine Hüften gelegt – und nur durch diese winzige Berührung steht mein ganzer Körper in Flammen. *Was macht der Mann nur mit mir?*

Zu meiner Überraschung hebt er den Arm, legt die Hand auf meine errötete Wange und streichelt mich. Seine Augen huschen über mein Gesicht, als würde er etwas darin suchen. Ich schlucke nervös und drücke wie in Trance meine Wange in seine Handfläche. Seine Finger wandern zu einer losen Strähne, die er mir liebevoll hinters Ohr streicht.

Mein Körper brennt wie Feuer. Ein Prickeln gleitet über meine Haut, das Herz hämmert so fest gegen meinen Brustkorb, dass ich schon befürchte, er würde es an seiner Brust fühlen. Liam legt die Hand in meinen Nacken und zieht mich zu sich nach unten. Ich wehre mich nicht dagegen. Die Hitze greift um sich. Ich will es, will ihn, seine Lippen auf meinen spüren und mich in diesen Armen verlieren. Unsere Gesichter sind sich nah, sodass ich seinen heißen Atem auf dem Mund fühle.

Da meldet sich mein Unterbewusstsein, dieses elende Miststück, zu Wort und lässt all meine Alarmglocken auf einmal schrillen. *Das ist dein Boss, zum Teufel noch mal!*

Miese Spielverderberin, aber sie hat recht. Wir dürfen das nicht, es wäre falsch. Obwohl mein Herz mir sagt, dass es richtig ist. »Liam …«

»Ich weiß, Emma«, haucht er gegen meinen Mund. Seine Stimme ist heiser und ungeheuer sexy. »Aber ich kann nicht anders. Ich will wissen, wie es sich anfühlt. Wie *du* dich anfühlst.«

Ich bin augenblicklich Wachs in seinen Händen. Millimeter um Millimeter steigen mein Verlangen und meine Vorfreude ins Unermessliche. Ich spüre seine Wärme selbst durch den dicken Wintermantel und fühle mich geborgen in seinen Armen.

Liams Blick ist durchdringend und berührt mein Innerstes. Kurz bevor sich unsere Lippen treffen und meine Gebete endlich erhört werden, ertönt jedoch eine schrille Stimme hinter mir. »Emmi! Lieblingscousinchen!«

Erschrocken hebe ich den Kopf und sehe auf Lily, meine

verhasste Cousine. In diesem Augenblick wünschte ich, ich könnte zum Hulk mutieren und sie gehörig verprügeln. Dahin ist der besondere Moment zwischen Liam und mir, der fast zu einem Kuss geführt hätte, dessen Sanftheit ich mir nur noch ausmalen kann.

Das wirst du mir büßen!

KAPITEL 10

Sean

»Vater, ich mache dann Schluss für heute«, teile ich Charles per Telefon mit.

»Du auch? Okay, aber denk daran, dass du dich mit deinem Bruder über das Rehbock-Konzept berätst. Das ist ein wichtiger Deal, den wir an Land ziehen müssen.« Ich höre nur halbherzig zu, schließlich weiß ich sehr wohl, wie bedeutend dieser Auftrag ist. Nach dem Gespräch fahre ich den Rechner herunter und verlasse mein Büro. Dann spüre ich sie wieder.

Die Blicke der jungen Frauen, die mich lüstern beobachten. Sie glauben zwar, es würde mir nicht auffallen, doch das tut es. Selbst die älteren Angestellten werfen mir hier und da heiße Blicke zu. Normalerweise liebe ich es, diesen Effekt auf Frauen zu haben. Doch heute kann ich mich kaum auf etwas konzentrieren. Nicht, seit ich Emma zum Weinen gebracht habe.

Ich wollte einfach mit ihr flirten, konnte ja nicht ahnen, dass sie vor lauter Verlegenheit heißen Kaffee auf Liams Anzug verschüttet. Dass sie dieses Missgeschick so sehr mitnimmt, dass sie in Tränen ausbricht, habe ich nicht erwartet. Als ich sie derart aufgelöst in ihrer Büronische vorgefunden habe, hätte ich sie am liebsten in den Arm genommen. Ich schüttle heftig den Kopf.

Verdammt, wo kommen diese Gedanken denn her? Sie ist ein One-Night-Stand wie die anderen auch. Wieso will ich sie dann trösten und ihr nah sein?

Ohne nachzudenken gehe ich wieder in die Bar, in der ich

Emma begegnet bin, und setze mich in die abgelegene Nische. Ich weiß, es ist erst zwölf Uhr mittags, doch zum Teufel noch eins, ich brauche einen Drink. Meine Gedanken verwirren mich.

»Hallo mein Schöner!«, höre ich eine Frauenstimme sagen. Mein Blick hebt sich, und ich sehe in dunkelbraune Augen, die mich interessiert mustern. Dieselbe Kellnerin wie beim letzten Mal. Und wieder sieht sie heiß aus. Minirock, schwarzes Tanktop und kurze blonde Haare. Eigentlich wollte ich sie ja vernaschen, bevor ich Emma entdeckt habe. Und genau das werde ich jetzt auch tun.

»Hey«, begrüße ich sie und verziehe den Mund zu einem Grinsen. Sex ist genau das, was ich jetzt brauche. Harter, schneller Sex ohne Gefühle. Das bin ich, das kann ich gut.

»Was kann ich denn für dich tun?«, schnurrt sie, und an ihrer Stimmlage erkenne ich sofort, dass sie die gleichen Absichten verfolgt wie ich.

»Nur einen White Russian und einen Schuss extra Sahne auf deiner Haut«, raune ich und sehe sie herausfordernd an. Sie sieht sich in der Bar um, und ich folge ihrem Blick. Es sind nur zwei Gäste außer mir da, und sie wirken betrunken. Die würden nicht einmal ein Erdbeben bemerken, geschweige denn, dass die Bedienung nicht da ist.

»Im Lagerraum haben wir die Sahne für *spezielle* Gäste«, haucht sie, und meine Begierde erwacht sofort, drückt hart gegen meine Hose. Sie nimmt mich bei der Hand und führt mich hinter der Bar durch eine zweiflüglige Milchglastür. Ich warte nicht einmal, bis sie geschlossen ist, und drücke sie hart gegen die Wand des kühlen Lagerraums. Sie stöhnt auf, und ich presse meine Lippen fest auf ihre. Unsere Zungen umschlingen einander hungrig. Ich hebe sie hoch, drücke sie gegen die Wand, und ihre Beine schlingen sich um meine Hüfte. Unsere Küsse habe nichts Romantisches, da ist nur Leidenschaft und Feuer. Gerade als ich mit meinen Händen zu ihrem Rock wandern will, halte ich inne.

Es taucht ein Bild vor meinem inneren Augen auf. Eins, das ich nicht erwartet habe. Das Gesicht einer Frau, die ich eigentlich vergessen will. Ich sehe Emma, wie sie herzhaft lacht. Ihre natürliche Schönheit strahlt von innen heraus, und die Sehnsucht nach ihr trifft mich unvermittelt. Ich wünschte, sie wäre hier statt dieser Frau. Die gierige Kellnerin greift mir auf den Hintern, und augenblicklich werde ich nüchtern.

Ich lasse von ihr ab und stelle mich ihrem verwirrten Blick. Schwer atmend sieht sie mich irritiert an. »Was ist denn los? Stimmt etwas nicht?«

»Ich habe in fünf Minuten ein Meeting. Ich muss los.« Mit diesen Worten wende ich mich um und verlasse die Bar. *Verdammte Scheiße! Habe ich gerade eine willige, heiße Frau abserviert? Was zu Hölle passiert mit mir?* Emma Reed geht mir total unter die Haut. Während ich mich durch die Menschenmenge auf dem Bordstein New Yorks kämpfe, wird mir klar, weshalb ich diese ungewohnten Gefühle habe. Ich will sie kennenlernen und mehr von ihr, nicht nur Sex. *Heilige Scheiße, ich glaube, ich stehe auf Emma.*

KAPITEL 11

Emma

Innerhalb von Sekunden stehe ich auf, entferne mich von Liam, der immer noch auf dem Boden liegt, und eile auf die Eingangstür meines Wohnkomplexes zu. Da steht sie in ihrer künstlichen Herrlichkeit. Alle haben doch einen Verwandten, den sie bis aufs Blut nicht ausstehen können, und dieser ist für mich Lily Reed.

Sie gleicht dem Frauentyp von Jazabell: platinblond, arrogant und unfreundlich. Sie trägt ein pink Strickkleid, ein kurzes Jäckchen darüber und kniehohe Stiefel mit mörderisch hohen Absätzen.

»Emmiiii!«, kreischt sie, und ich bin versucht, mir mit beiden Händen die Ohren zuzuhalten. Ich setze ein falsches Lächeln auf und gehe auf sie zu. Lily hat die Arme ausgebreitet, widerwillig umarme ich sie. Sogar ihr Parfüm riecht so furchtbar, dass mir beinahe die Galle hochkommt. Sie drückt mich von sich weg, um mich von oben bis unten mustern zu können, und schnalzt daraufhin mit der Zunge. »Nun, Emma, es ist ja ewig her, dass wir uns gesehen haben.« Ihr Blick ist herablassend und kalt.

»Das stimmt, es ist lange her.« *Gott sei Dank! Ich könnte sie wohl kaum lange aushalten.*

»Wie ich sehe, hast du dir den Weihnachtsspeck schon vor Weihnachten angefuttert.« Sie lacht laut und wirft dabei den Kopf in den Nacken. Ihre Stimme ist unerträglich und quietschig, dass ich um mein Trommelfell fürchte.

»Na ja, wenigstens sehe ich nicht aus wie eine Schaufenster-puppe«, kontere ich und nicke in ihre Richtung. Ich werde mir von dieser Barbiepuppe für Arme ganz sicher nicht den Tag ver-miesen lassen.

»Haha, sehr lustig. Also, der Grund meines Besuchs ist …«, während sie spricht, kramt sie in ihrer Designerhandtasche und fischt einen weißen Umschlag heraus, »… dass ich im Mai heira-ten werde. Ich wollte dir die Einladung persönlich geben.«

Bullshit, du wurdest von deiner Mutter dazu gezwungen, mich einzuladen! Und somit kannst du mich auch noch demütigen und mir unter die Nase reiben, dass ich keinen Freund habe.

Als wir Kinder waren, verstanden wir uns eigentlich gut. Das änderte sich erst auf der Junior-Highschool. Sie hing dort mit den *coolen* Kids ab, während ich lieber ein Buch las und allein war. Dazuzugehören war mir nicht wichtig. Ich weiß, dass sie mich nicht ausstehen kann. Das *Warum* ist mir allerdings schleierhaft. Ich war nie eine Bedrohung für sie oder etwas in dieser Art.

Sie sieht mich mit hochgezogener Braue an und wartet an-scheinend auf eine Antwort. *Was? Ach ja, ich muss jetzt so tun, als würde es mich interessieren, dass sie sich einen armen Kerl geangelt hat.* »Gratuliere, Lily. Ich freue mich, dass du endlich dein Glück gefunden hast.« Meine Stimme trieft vor Sarkasmus, aber sie ist einfach zu hohl, um es zu begreifen.

»Danke, Emmi. Und keine Angst, ich habe dich noch an ei-nem der Tische ohne Begleitung unterbringen können«, sagt sie schließlich, und ich glaube, mich verhört zu haben.

»Was?«

»Ich habe deiner Mom vor einer Woche auch eine Einladung gebracht, und sie sagte, dass du noch immer Single bist.« Sie betont jedes dieser Worte einzeln. »Vielleicht lernst du ja auf meiner Hochzeit jemanden kennen, und dir bleibt das Schicksal einer einsamen alten Jungfer erspart.«

Hat sie das jetzt wirklich gesagt? Ich koche vor Wut. *Was bildet sich diese Schlange überhaupt ein?* Ich balle die Hände zu Fäusten und drohe zu explodieren. Streitereien unter Cousinen hin oder her, das hier geht gewaltig unter die Gürtellinie.

»Jetzt hör mir mal zu«, zische ich mit zusammengebissenen Zähnen hervor. Plötzlich legt sich eine Hand an meine Hüfte und lässt mich augenblicklich verstummen. Überrascht sehe ich nach links und erblicke Liam, der mich fest an sich drückt.

Ohne auf meinen verdutzten Blick einzugehen, küsst er mich auf die Wange und blickt mir tief in die Augen. »Entschuldige Schatz, ich musste noch den Wagen parken, aber wir können jetzt reingehen.«

Er lächelt, und ich schmelze dahin. *Scheiß doch auf Lily Reed. Liam Coleman hat mich gerade geküsst! Na gut, nur auf die Wange, aber, hey – Kuss bleibt Kuss.*

Er wartet nicht auf eine Antwort meinerseits, sondern reicht Lily höflich die Hand, die sie nur zaghaft ergreift. Ihre Kinnlade ist heruntergeklappt, was bei meiner Cousine wohl so etwas wie Respekt bedeuten soll, und sie mustert Liam genau. Zu genau!

»Liam Coleman. Und Sie sind?«

»Lily Reed.«

»Es freut mich, Sie kennenzulernen.«

Ich nutze natürlich diese Situation in vollen Zügen aus, drehe mich Liam zu, schlinge meine Arme um seinen Hals und sehe ihm tief in die Augen. »Stell dir vor, Schatz, meine Cousine wird im Mai heiraten und hat uns gerade zu ihrer Hochzeit eingeladen!«

»Das klingt wunderbar. Ich gratuliere herzlichst, und natürlich werden meine Freundin und ich gerne kommen.«

Lilys Miene ist erschrocken, und sie wirkt ein klein wenig grün vor Neid. *In your Face, Bitch!*

»Ähm, okay. Nun, dann sehen wir uns in Austin. Danke für

euer Kommen.« Sie dreht sich um und stöckelt davon. Mit einem breiten Grinsen blicke ich wieder in Liams sagenhaft türkisblaue Augen und muss einen Jubelschrei unterdrücken.

Verträumt lächle ich ihn an, streichle mit dem Daumen seinen Nacken und fühle mich grandios. Seinen Körper an meinem zu spüren, fühlt sich unbeschreiblich an. Diese Anziehungskraft zwischen uns kann ich nicht erklären, es ist irgendwie magisch.

Ausziehen wäre mir persönlich lieber.

Plötzlich wird mir klar, wen ich gerade liebkose, und ich löse mich rasch von ihm. »Oh! Sorry«, sage ich verlegen und bringe genügend Abstand zwischen uns.

»Kein Problem. Wenn ich ehrlich bin, hat es mir sehr gefallen, dir nah zu sein.« Er lächelt und kratzt sich peinlich berührt am Hinterkopf. *Du hast ja keine Ahnung, wie sehr es mir gefallen hat!*

»Danke, Liam. Ich meine, dass du mitgespielt hast.«

»Gern geschehen. Ich konnte doch nicht zulassen, dass dich diese widerwärtige Person herablassend behandelt.«

»Ja, sie macht das eigentlich immer.« Ich seufze. »Warum, weiß ich nicht. Aber, na ja, wie sagt man so schön? Familie und Nachbarn kann man sich nicht aussuchen.«

Am nächsten Morgen erwache ich gut gelaunt, obwohl ich fast kein Auge zugetan habe. Ich grinse von einem Ohr zum anderen und muss ständig an Liam denken. Seine tröstenden Worte, nachdem ich mich heulend in der Toilette versteckt hatte, diesen heißen Oberkörper, den ich leider nur kurz betrachten konnte, den Beinahe-Kuss, der mir noch immer die Sinne raubt, und seine Hilfe vor Lily. Grinsend verberge ich mein Gesicht in meinen Handflächen.

Herrgott, ich führe mich ja auf wie ein verknallter Teenager!

Doch ich kann es nicht mehr leugnen, ich bin total verschossen in ihn. Nachdem ich mich im Bad frisch gemacht, angezogen und ein wenig Make-up aufgelegt habe, verlasse ich die Wohnung, um mich um ein Taxi zu bemühen.

Ich trete aus dem Gebäude, atme tief ein und genieße die warmen Sonnenstrahlen auf der Haut. Die Kälte ist dahin, und es ist ungewöhnlich mild für Mitte Dezember. Mein Blick schweift auf die Stelle am Bordstein, an der Liam und ich uns gestern fast geküsst hätten.

Eine Gänsehaut breitet sich auf meiner Haut aus, und für einen Moment genieße ich die Vorstellung, seine Hände würden mich berühren. *Nicht nur du willst wissen, wie es sich anfühlt, Liam.* Ich seufze und kann es kaum erwarten, ihn wiederzusehen.

Als ich gerade die Hand heben will, um ein Taxi auf mich aufmerksam zu machen, bemerke ich einen Mann in Lederjacke, der an einen roten Maserati gelehnt dasteht und auf jemanden zu warten scheint. Diese unverwechselbaren, eisblauen Augen schauen auf und fixieren mich.

Mir stockt der Atem, denn ich kenne diesen Mann. Sean Coleman steht keine hundert Meter von mir entfernt, hat die Arme vor der Brust verschränkt und grinst mich frech an. Völlig überrascht gehe ich auf ihn zu, ignoriere das Taxi, das gerade für mich anhält. Er sieht aus wie eins dieser Männermodels, die Werbung für einen neuen Sportwagen machen.

»Guten Morgen, Emma.«

»Morgen, Mister Coleman. Warten Sie etwa auf mich?«

Er stößt sich von seinem Auto ab, kommt auf mich zu und reicht mir die Hand. »Natürlich warte ich auf dich. Ein Vögelchen hat mir gezwitschert, dass du kein Auto hast, und ich wollte dich überraschen.«

»Danke, das ist echt nett von *Ihnen.*« Ich betone das letzte Wort genau.

Er runzelt die Stirn und lässt meine Hand los, nur um sich mit seinen Fingern durch das dichte Haar zu fahren. »Ach, komm schon, Emma. Nur, weil wir miteinander geschlafen haben, muss es nicht immer krampfhaft zwischen uns sein. Wir sind erwachsen und sollten einfach von vorne beginnen, findest du nicht?«

Mit einem Mal bin ich unsagbar erleichtert, diese Worte zu hören. Endlich können wir offen reden. Bis jetzt hat er mich immerzu angebaggert, sodass wir nicht über unseren One-Night-Stand sprechen konnten. »Danke, ich bin froh, dass du so denkst.«

»Ach, jetzt sind wir wieder bei du?« Er lacht.

»Ja. Ich finde, jetzt, wo die Fronten geklärt sind, können wir uns nach Feierabend duzen.«

»Was meinst du mit ›die Fronten sind geklärt‹?« Er runzelt die Stirn.

»Na ja, wir sind uns doch beide darüber im Klaren, dass diese Nacht eine einmalige Sache war, und ich kein Interesse an dir habe. Deshalb bin ich froh, dass wir normal miteinander reden können, ohne dass du mich ständig anmachst.«

Seans Blick wird mit einem Mal eiskalt. Er lässt mich stehen, eilt auf sein Auto zu und steigt ohne ein weiteres Wort ein. *Was ist denn jetzt wieder los?*

Da Sean aber nicht losfährt, sondern mich aus dem Wagen heraus finster anfunkelt, vermute ich, dass sein Angebot, mich zu fahren, trotz dieser merkwürdigen Reaktion noch steht. Und das sollte ich wohl besser annehmen. Ich schüttle den Kopf, gehe auf den schicken Sportwagen zu und steige schließlich ein.

Die Fahrt verläuft ruhig. Ich schaue aus dem Fenster und sehe, wie die Hochhäuser und kleinen Parks an mir vorbeiziehen. Noch immer wundere ich mich über sein Verhalten, hoffe aber, dass zwischen uns alles in Ordnung ist.

»Hör zu, Emma«, sagt er, ohne den Blick von der Straße zu lösen. »Es tut mir leid, dass ich dich stehen gelassen habe. Aber es ist nun mal schlecht für mein Ego, dass eine Frau sagt, sie hätte kein Interesse an mir. Das bin ich einfach nicht gewohnt.«

Meine Miene hellt auf. Also ist das der Grund. Verletzter Stolz. Ich schmunzle in mich hinein.

»Wieso bist du still? Muss ich mich noch mal entschuldigen?«

»Nein, nein. Es ist okay, Sean. Ich wollte nur ehrlich zu dir sein.«

»Gut, dann haben wir das Missverständnis geklärt.« Er grinst und sieht mir in die Augen. Das Funkeln darin wirkt wieder freundlich.

»Wann hat dir Liam eigentlich erzählt, dass ich eine Mitfahrgelegenheit brauche?«

»Gestern Abend. Er muss für ein paar Tage nach China reisen, um unsere Agentur auf einem Kongress zu vertreten.«

Meine Laune wechselt von glücklich zu betrübt. *Wieso hat Liam nichts davon erzählt?* »Wann genau kommt er denn wieder zurück?«

Ich versuche, nicht zu interessiert zu klingen, aber das gelingt mir vermutlich genauso gut, wie ein Taxi zu nehmen, anstatt in den Wagen meines Bosses einzusteigen.

»Er weiß noch nicht, ob er es zur Weihnachtsfeier diesen Samstag schafft.«

»Oh.« Mehr bringe ich nicht raus.

Obwohl Liam mein Boss ist und ich ihn erst zwei Tage kenne, vermisse ich es, mit ihm zu sprechen. Mir ist sehr wohl bewusst, wie dumm das klingt, aber mein Herz schreit geradezu nach ihm. Der gestrige Tag sitzt mir noch in den Gliedern – erst der Beinahe-Kuss und dann dieses Schauspiel vor Lily. Und es hat ihm gefallen. Genauso wie mir.

Ich bin niedergeschlagen, lausche den leisen Fahrgeräuschen und blicke wieder aus dem Fenster.

Warum macht mich die Tatsache unendlich traurig, dass ich ihn ein paar Tage nicht sehen werde? Habe ich mich ernsthaft in Liam verknallt? Oder ist es einfach eine Schwärmerei?

Mit einem Mal bin ich froh, dass Liam nicht hier ist, da ich glaube, nur so Antworten auf meine Fragen zu finden. Ich beschließe, ab heute auf Coleman-Brüder-Diät zu gehen.

Dann kann ich mich in die Arbeit stürzen und endlich konzentrieren, ohne dass die Coleman-Männer mir das Leben schwer machen. Es ist außerdem eine gute Gelegenheit, um darüber nachzudenken, was ich eigentlich will.

KAPITEL 12

Emma

Es ist zwar toll, mit einem schicken Auto zur Arbeit gefahren zu werden, aber dass Seans Parkplatz direkt neben dem Eingang des Bürokomplexes ist, macht es für mich zu einem Albtraum.

Was werden die anderen denken? Natürlich werden sie es in den falschen Hals bekommen und denken, ich hätte etwas mit Sean. *Ich meine, ja, ich hatte was mit ihm, aber das war nur ein einziges Mal und das wird nie wieder passieren!*

Ich werde schlagartig nervös, als ich von Weitem die Einfahrt zum Büro sehe, und klammere mich verzweifelt an dem teuren, schwarzen Ledersitz fest. »Du, Sean? Wäre es möglich, mich gleich hier aussteigen zu lassen?«, frage ich verlegen und schenke ihm ein unsicheres Lächeln.

Er sieht mich irritiert an. »Warum denn?«

»Es ist meine erste Arbeitswoche, und ich ... nun ja ... die Sache ist die ...«, stottere ich wie eine Irre und versuche seinem strengen Blick zu entgehen.

»Spuck es aus, Emma!«, sagt er grinsend und richtet den Blick wieder auf die Straße. *Ach herrje, wie soll ich es ihm nur sagen, ohne das er sauer wird?*

»Ich möchte nicht, dass die Kollegen sehen, dass du mich zur Arbeit mitnimmst«, sage ich so freundlich ich kann.

Sean fährt scharf rechts ran, sodass ich mich am Armaturenbrett abstützen muss, damit ich nicht mit dem Kopf darauf knalle. Er wendet sich mir zu. Sein Blick ist kalt, die Lippen sind zu einer Linie gepresst und ich schlucke. *Auweia, das gibt Ärger!* »Dir ist es echt peinlich, mit mir gesehen zu werden?«, fragt er kühl.

Ich schüttle vehement den Kopf. »Oh Gott, nein. Sean, versteh mich nicht falsch! Ich bin neu in der Agentur. Ich möchte eines Tages Karriere machen und mir nicht anhören müssen, dass ich mich hochgeschlafen habe.«

»Nur weil ich dich in die Arbeit mitnehme, heißt es noch lange nicht, dass wir miteinander Sex haben.«

»Für die anderen aber schon! Ich meine, sieh dich doch an!«

Ups, das war jetzt zu viel des Guten. Ich sehe seine Kiefer mahlen, die eisblauen Augen funkeln mich gefährlich an und ich wünschte, ich könnte Scotty bitten, mich hochzubeamen. »Was soll das denn heißen? Wie sehe ich denn aus?«

Seufzend lasse ich die Schultern hängen und antworte: »Du weißt doch sehr wohl, wie gut du aussiehst. Die Frauen im Büro beten den Boden an, auf dem du gehst. Ein Wort von dir und sie sind Wachs in deinen Händen.«

Seine Miene ist ausdruckslos. »Das beantwortet nur eine meiner Fragen.«

Oh mein Gott, muss er mich derart leiden lassen?

Jetzt werde ich aber sauer. Es kann ihm doch egal sein, weshalb es mich stört. Ich bin nur eine Mitarbeiterin für ihn, weder seine Freundin oder sein Date noch seine Vertraute. »Hör zu. Ich bin nicht wie die anderen, okay? Du wirkst eben wie ein Playboy auf mich, der sich gerne mit schönen Frauen schmückt. Ich möchte nicht, dass man uns außerhalb des Büros miteinander sieht. Ich danke dir, dass du mich mitgenommen hast, aber du hättest es nicht tun müssen. Ich hätte genauso gut mit dem Taxi fahren können.«

Shit, das klingt streng, dabei habe ich das nicht beabsichtigt. Wieso muss er mich auch in die Mangel nehmen?

Doch Sean nickt nur und starrt mir in die Augen. »Ja, ich flirte gerne, doch ich kann Arbeit sehr wohl vom Privaten trennen. Nur bei dir fällt es mir schwer. Ich wollte einfach nett sein, weil Liam mir von deinem Pech mit Autos erzählt hat. Mein Fehler, zu denken, ich könnte mich mit dir anfreunden.«

Oh nein, er klingt verletzt! Dumme, dumme Emma! Wieso kannst du nicht deine blöde Klappe halten? »Sean, ich ...«

»Nein, ist schon gut. Miss Reed, es ist alles gesagt. Sie können ruhig aussteigen«, meint er und klammert sich wütend an sein lederbezogenes Lenkrad.

Ich öffne den Mund, um etwas zu sagen, doch ich finde nicht die richtigen Worte. Also greife ich nach dem Türgriff, mache den Mund zu und flüstere ein leises »Danke«, ehe ich aus dem Auto steige.

Sean braust in dem Moment, in dem ich ausgestiegen bin, sofort los und lässt mich am Straßenrand stehen. Ich klatsche mir mit der flachen Hand an die Stirn und schließe gequält die Augen.

Der Tag hat doch gut angefangen, ich habe von Liam geschwärmt, mich auf diesen Tag gefreut, auch wenn er in China ist. Und jetzt habe ich es mir mit Sean aber so was von verscherzt.

Wie konnte ich ihn auch derart vor den Kopf stoßen? Bin ich so karrieregeil, dass ich die Gefühle meiner Mitmenschen mit Füßen trete? Außerdem habe ich meinen Boss beleidigt und kann nur hoffen, dass er mir nicht fristlos kündigt.

Der heutige Arbeitstag ist die Hölle. Nicht nur, weil mir Sean aus dem Weg geht und mich keines Blickes würdigt, sondern weil ich vor lauter Arbeit drohe zusammenzubrechen. Kaffee kochen, Getränke auffüllen, Anschreiben vorbereiten, Flyer falten, Druckereitermine koordinieren und und und.

Ich sehe auf die Uhr, und meine Augenbrauen schießen in die Höhe. Halb sechs? Als ich vorhin auf die Armbanduhr gesehen habe, war es erst kurz nach eins. Der Tag verfliegt und somit auch meine Kräfte. Ich bin müde, habe Hunger und sehne mich nach meinem besten Freund. Er würde es bestimmt schaffen, mich wieder aufzumuntern.

Nach dem Streit mit Sean muss ich ständig an seinen kalten Gesichtsausdruck denken. Ich könnte mich jedes Mal selbst ohrfeigen für diese unsensiblen Worte, aber das würde im Büro wohl eher blöd aussehen. Obwohl sowieso fast niemand mehr da ist, weil die meisten um fünf in den Feierabend verschwinden. Natürlich muss ich ausgerechnet heute Millionen Flyer für einen Eiscremehersteller vorbereiten.

Meine Finger sind langsam taub, und mit letzter Kraft schaffe ich es, ohne Blasen an den Händen und eine Stunde nach Feierabend, alles fertigzustellen. Erschöpft greife ich nach der Tasche, bis mir wieder klar wird, dass ich kein Auto habe, und es ein weiter Fußmarsch bis zu mir nach Hause wird. Ich setze mich auf die Couch, die im Warteraum für Kunden steht, und entspanne, kurz bevor ich mit dem Taxi nach Hause fahre. Ich schließe kraftlos die Augen und versuche, an nichts zu denken. *Tut zur Abwechslung mal gut.* Ich höre mir selbst beim Atmen zu und entkrampfe mich allmählich.

»Hallo«, höre ich eine Kinderstimme direkt neben mir und fahre erschrocken zusammen. Ich japse nach Luft, öffne blitzartig die Augen und sehe ein hübsches, brünettes Mädchen mit türkisfarbener Iris.

»Hey«, krächze ich und sehe mich um. Nirgendwo sehe ich die Eltern des Kindes, das ich auf vier oder fünf schätze.

»Hab ich dich erschreckt? Ich dachte, du bist vielleicht eingeschlafen, und mein Onkel schließt später ab«, sagt sie mit ihrer zuckersüßen Stimme.

»Oh danke, dass du mich darauf hinweist.« Dieses Mädchen kommt mir bekannt vor. Nur woher?

»Bist du Emma?«

Ich runzle die Stirn. »Ja?«

»Oh, wow! Du bist genauso schön, wie Daddy es gesagt hat!«

Nun verstehe ich gar nichts mehr. »Wer ist denn dein …« Dann fällt es mir wie Schuppen von den Augen. *Liam!* Das ist Liams Tochter Ava. Ich habe kurz ein Foto von ihr in Liams Wohnung gesehen. Anscheinend hat er ihr von mir erzählt, und ich lächle verträumt. *Er findet mich schön!* »Du bist sicher Ava, oder?« Sie nickt und wir schütteln uns die Hände. »Es freut mich, dich kennenzulernen, Ava.«

»Ja, mich auch.«

Eine Tür geht auf und Sean kommt aus seinem Büro. Er sieht sich um und scheint Ausschau nach Ava zu halten. »Zuckermaus? Wo bist du?«, ruft er, und ich schmelze dahin. *Dieser Kosename ist ja süß.*

»Ich muss jetzt los«, sagt Ava und winkt mir zu. Ich erhebe mich ebenfalls und gehe ihr nach.

»Hey, Mäuschen, da bist du ja.« Sean strahlt seine Nichte an. Als er mich jedoch neben ihr erblickt, wird seine Miene ernst. »Miss Reed? Was tun Sie noch hier?«

»Ich habe noch gearbeitet, mache aber jetzt Schluss für heute. Gute Nacht, Sir. Gute Nacht.« Ich winke Ava zum Abschied, gehe an Sean mit einem Nicken vorbei und steuere den Aufzug an.

Bevor sich die Türen schließen, höre ich schallendes Kinderlachen und frage mich, wie schon oft heute, ob ich Sean gegenüber nicht zu voreingenommen bin.

»Oh, das ist schade. Aber da kann man nichts machen«, sage ich traurig und seufze. Aiden muss heute Abend arbeiten, und somit bleibe ich mit einer Thunfischpizza und DVD allein zu Hause. Nach meinem Beinahe-Kuss mit Liam haben wir uns am Telefon versöhnt, und ich habe endlich eingesehen, dass Aiden einfach das erste Weihnachtsfest mit seinem Freund gemeinsam verbringen möchte. Ich würde es ebenso wollen, wenn ich einen Freund hätte. Nach dem Telefonat und dem Essen beschließe ich, gleich ins Bett zu gehen.

Doch an Schlaf ist nicht zu denken. Obwohl ich mir selbst verboten habe, über die Coleman-Brüder nachzugrübeln, tue ich nichts anderes. Liam hat seiner Tochter von mir erzählt und ihr gesagt, dass er mich schön finde. An sich ein Grund zur Freude, doch mein Streit mit Sean nagt zu sehr an mir. Eigentlich kann ich ihn ja gut leiden. Er ist erfrischend ehrlich und interessant. Und ich beleidige ihn, weil ich Angst habe, mit ihm gesehen zu werden.

Mit einem Mal fühle ich mich einsam, sehne mich nach meinen Eltern, den Pferden und meiner Heimat. Obwohl ich mich in der Stadt total wohlfühle, muss ich mir eingestehen, dass ich das Landleben vermisse. Ich beschließe, mir morgen ein kleines Stückchen Heimat nach New York zu holen.

KAPITEL 13

Emma

»Guten Morgen, Sonnenschein!«, begrüßt mich eine überschwängliche Nia in der Kaffeeküche, die rappelvoll ist.

Was ist denn hier los? So viele Menschen habe ich in diesem Büro noch nie auf einem Haufen gesehen. Meine Kollegin scheint die Verwirrung zu bemerken, macht ein paar Schritte und stellt sich vor mich.

»Heute ist die monatliche Personalbesprechung, bei der alle Mitarbeiter im Seminarraum über die aktuellsten Themen von Coleman & Sons informiert werden. Und übermorgen ist ja schon die Weihnachtsfeier, also kann ab jetzt von Arbeiten keine Rede mehr sein.«

»Das wusste ich nicht«, gebe ich ehrlich zu und versuche, eine Tasse Kaffee zu erhaschen. Ich nippe an dem schwarzen Getränk und verbrenne mir augenblicklich die Zunge. *Mann, ist das heiß!*

»Verdammte Scheiße noch mal«, fluche ich, und Nia grinst mich frech an.

»Heute nicht dein Tag?«, fragt sie freundlich, und ich zwinge mich zu einem Lächeln und schüttle den Kopf.

»Seit ich hier angefangen habe, geht es bei mir drunter und drüber.« Dass die beiden Bosse daran schuld sind, verschweige ich.

Der Raum leert sich. Nia und ich gehen in den Besprechungsraum Nummer eins, den größten im Büro, und können sogar noch einen Sitzplatz ergattern. Links von mir sitzt Nia und rechts von mir ein junger Mann, dem ich noch nie begegnet bin. Ich schenke ihm kaum Beachtung, da ich mir mein Tablet schnappe und das Notizenprogramm öffne. *Bin gespannt, welche neuen Aufträge anstehen.*

»Hey, Emma. Kennst du schon Alex aus der Buchhaltung?«, fragt mich Nia und deutet mit dem Finger auf den Mann rechts von mir. Ich drehe mich um und sehe in karamellfarbene Augen, die mich aufmerksam anfunkeln. Er sieht sehr gut aus. Surfertyp, lässig gekleidet, strohblonde Haare und ein Lächeln, das sämtliches Eis in Eisdielen zum Schmelzen bringt.

»Hey, freut mich, Emma«, sagt er und reicht mir seine Hand.

»Freut mich auch, Alex.« *Scheiße, sieht dieser Typ heiß aus. Was ist das hier denn für ein Büro? Hier haben alle außer mir Modelmaße! Ist ja schon fast wie in einem Chick-Lit-Roman.*

Er mustert mich ebenfalls, und ich nehme mal an, ihm gefällt, was er sieht, denn sein Blick wechselt von freundlich zu sexy. *Yes, Baby, Emmalein hat's noch drauf!* »Endlich mal eine Assistentin, die intelligent zu sein scheint und nicht nur lange Beine vorweist«, meint er, und ich runzle die Stirn.

»Du kennst mich doch gar nicht. Ich könnte so hohl wie eine Kartoffel sein«, sage ich herausfordernd.

Er verzieht seinen Mund zu einem Duckface und erwidert meinen Blick. »Das bezweifle ich. Ich bin meines Zeichens ein ziemlich guter Menschenkenner und lege meine Hand dafür ins Feuer, dass du nicht dem Typ wie der da entsprichst.« Er deutet mit dem Kopf auf Jazabell, die mit ihrem Kaugummi Blasen macht und genervt an die Wand starrt.

Ich kichere. »Oh nein, wie sie bin ich definitiv nicht.«

»Siehst du, ich habe recht.« Er beugt sich dicht zu mir vor, und uns trennen nur wenige Zentimeter. Mir wird augenblicklich heiß, das ist zu nah. »Und ich habe immer recht, Süße.« Er zwinkert mir zu und lehnt sich mit einem frechen Grinsen in den Stuhl zurück.

Ich lächle noch immer und sehe nach vorne zum Beamer, wo ich in zwei eisblaue Augen blicke, die mich böse anfunkeln. Sean hat anscheinend mein Gespräch mit Alex beobachtet, und seine Miene ist kalt. *Was zum Teufel ist sein Problem?* Ich weiß, ich habe ihn beleidigt, aber jetzt kann er es wieder gut sein lassen! Oder ist er etwa eifersüchtig auf Alex?

Lächelnd schüttle ich den Kopf. *Was für ein alberner Gedanke!*

Mein Vorhaben von gestern kommt mir wieder in den Sinn. Ich muss heute Nachmittag dringend weg von Coleman & Sons, Sean und Manhattan. Nach der Arbeit schnappe ich mir ein Taxi, meine Reisetasche und atme erleichtert aus, als sich dieser Arbeitstag endlich dem Ende zuneigt.

Ich hasse meinen Körper! Ja, das tue ich aus tiefstem Herzen. Denn meine Brust ist zu üppig, die Arme zu schwabbelig, der Bauch zu groß, meine Hüften zu breit und meinen Arsch kann man, wie die chinesische Mauer, vom Mond aus erkennen.

Grün vor Neid starre ich auf das Titelblatt eines Modemagazins, wo ein bekanntes Model seinen Traumkörper im Bikini präsentiert. *Verdammt! Diese Frau hat zwei Kinder auf die Welt gebracht und hat noch immer einen Traumbody. Obwohl … mit einem Personaltrainer würde ich auch rattenscharf aussehen.*

Na ja, wohl eher nicht. Ich sehe aus dem Fenster des Taxis. Die Stadt ist einer ländlichen Gegend gewichen, die sich vor meinen Augen erstreckt. Ich bin nur dreißig Minuten von meiner Wohnung entfernt und doch aus dem Großstadtdschungel geflohen. Obwohl wir Dezember haben, sind die Temperaturen recht warm. Fast frühlingshaft, der globalen Erwärmung sei Dank. Das Taxi kommt vor einem riesigen Golfclub zum Stehen.

»Emma!«, begrüßt mich die Inhaberin des Golfclubs freundlich.

»Hallo, Mrs Jackson. Ist lange her.«

»Ich fühle mich geehrt, dass du uns hier besuchst. Alles ist für dich bereitgestellt.«

Ich werde von einem Mitarbeiter zu einer Koppel geführt. »Bubble?«, sage ich misstrauisch und gehe auf den Stall zu, aus dem ein Pferdekopf ragt. Je näher ich komme, desto sicherer erkenne ich mein Pferd wieder. Vor zehn Jahren haben ihn meine Eltern verkauft, was ich nie wirklich überwunden habe, da er mein Lieblingspferd war.

»Mann, hab ich dich vermisst, mein Junge.«

Die Nachmittagssonne scheint auf mein Gesicht, und ich fühle mich unendlich wohl. Ich habe glatt verdrängt, wie schön die Welt vom Rücken eines Pferdes aussieht. Alle Sorgen sind vergessen.

Ich trabe mit Bubble durch dichten Wald und genieße die Einsamkeit. Meine Gedanken schweifen jedoch schnell ab, und ich sehe wieder in Seans kalte Augen. *Warum ist er so abweisend mir gegenüber? Und wieso stört es mich, dass er nicht mit mir spricht?*

Vor ein paar Tagen habe ich ihn kennengelernt, mit ihm geschlafen und mit einem Schock festgestellt, dass er mein Boss ist. *Oh Mann, der Sex mit Sean war eine Offenbarung.*

Ich lächle. Es war die schweißtreibendste Nacht meines Lebens, und ich werde sie sicher nicht so schnell vergessen. Seine Hände, die immer wussten, was ich wollte. Sein Mund, der gekonnt die richtigen Stellen küsste. Die schwarzen Haare, in denen ich meine Finger vor beinah unstillbarer Lust vergraben hatte.

Ein lautes Wiehern reißt mich mit einem Ruck aus den Erinnerungen. Ich brauche eine Weile, um zu begreifen, was hier gerade geschieht. Etwas hat Bubble derart erschreckt, dass er sich panisch aufbäumt. Ich schaffe es kaum, die Zügel bei mir zu halten.

Das Pferd ist völlig außer sich und rast los. Plötzlich knalle ich gegen einen Baum, das Geäst peitscht unnachgiebig in mein Gesicht, und ich verliere mit den Armen rudernd den Halt. Ich falle vom Pferd und schlage mit dem Kopf auf den harten Boden auf.

Mein Kopf schmerzt. Ich spüre, wie mir eine warme Flüssigkeit die Stirn hinabläuft. In meinen Ohren rauscht es, und ich sehe mich erschrocken um. *Mist, wieso habe ich auch keinen Reiterhelm aufgesetzt!*

Mein Puls rast, und ich drohe, das Bewusstsein zu verlieren. Mit Mühe versuche ich mich aufzurichten, doch ein fürchterlicher Schmerz erfüllt meinen Körper, sodass ich den Kopf wieder auf der Erde ablege.

Das Adrenalin, das durch meine Adern pumpt, gaukelt mir eine Stimme vor, die kaum zu mir durchdringt. Ich sehe in den blauen Himmel, der langsam in ein zartes Lila wechselt, ein Zeichen, dass die Sonne bald untergeht. Mein Körper fühlt sich so schwer an, als hätte jemand die Erdanziehungskraft spontan verdreifacht. Wieder höre ich ein Rufen.

Eine Stimme. Männlich. Panisch. Laut. »Emma!«, höre ich ihn brüllen, und Panik steigt in mir auf. *Wer zum Teufel ist das, und wieso kennt er meinen Namen?*

Die kalten Klauen der Ohnmacht lassen mich nicht auf das Rufen reagieren. Mir flattern die Lider, und ich habe Mühe, die Augen offen zu halten. Da sehe ich ihn. Ein Gesicht, das nicht schöner sein könnte. Markante Gesichtszüge, hohe Wangenknochen, heller Teint und diese schwarzen, weichen Haare. *Sean!*

Er sieht mich voller Angst an, streichelt meine Wange und redet auf mich ein. Ich sehe, dass sich seine Lippen bewegen, doch ich verstehe die Wörter kaum. Mit ganzer Kraft versuche ich, ihm zu antworten, doch es gelingt mir einfach nicht.

Er beugt sich dicht zu mir herunter, streicht mir die verklebten Strähnen hinters Ohr und sieht voll Entsetzen auf seine

Hand, die von meinem Blut rot verschmiert ist. Seine Berührungen sind eine willkommene Abwechslung zu dem Schmerz, der in meinem Kopf pocht. Sie fühlen sich so vertraut an, als wäre es das Normalste auf der Welt, dass er mich berührt. Ich verliere mich in diesen Augen, tauche ein in das Blau, und die Pein verblasst.

Endlich höre ich sie. Die Worte, die er anscheinend ständig wiederholt, um nicht nur mich, sondern auch sich selbst zu beruhigen: »Bitte, Emma, halt durch! Ich will dich nicht verlieren! Es tut mir leid!«

Ich möchte ihm gerne antworten, dass es mir gut geht und er sich keine Sorgen machen muss. Da kippt die Welt plötzlich zur Seite und alles wird schwarz.

KAPITEL 14

Sean

»Was ist denn mit dir los, mein Sohn?«, fragt mich mein Vater nach der Besprechung. Ich sehe ihn fassungslos an.

»Was soll denn mit mir sein?«, keife ich wütend.

»Du bist schon seit gestern schlecht gelaunt. Das passt gar nicht zu dir.« Seine Augen ruhen auf mir, und ich werde noch wütender. *Seit wann macht er einen auf Übervater? Es hat ihn bis jetzt auch einen Scheiß interessiert, wie ich mich fühle!*

»Mir geht es gut, Sir«, versuche ich ihn zu beschwichtigen, und es klappt. Er nickt, dreht sich um und verlässt mein Büro. Genervt erhebe ich mich vom Chefsessel, drehe mich zur Fensterfront und starre hinaus.

Verdammter Mistkerl! Wie kann er es wagen, Emma schöne Augen zu machen? Wie heißt er noch mal? Alex Sinclaire? Der Name klingt so langweilig, wie er es ist. Ich werde ihn mir mal genauer ansehen und seine Arbeit überprüfen. Mir entfährt ein Grollen, und ich raufe mir die Haare. *Was ist denn nur mit mir los?* Er ist ein qualifizierter Buchhalter.

Wieso werde ich wegen Emma zum eifersüchtigen Tier? Ich bin schließlich immer noch stinksauer auf sie. *Sie möchte nicht mit mir gesehen werden? Ich meine, geht's noch?* Ich weiß, dass mein Ruf mir vorauseilt, aber ich bin doch kein schwanzgesteuerter Weiberheld. Zumindest will ich es nicht sein. Mein Schema ist klar: kennenlernen, flachlegen und ab zur nächsten. Okay, das klingt irgendwie schon nach Machotyp, nur sollte Emma auch die andere Seite von mir kennen, wenigstens hoffe ich, dass sie sie bemerkt hat. *Diese Frau treibt mich in den Wahnsinn!*

Ich merke, dass ich völlig neben mir stehe, weshalb ich meinen Vater anrufe und früher Feierabend mache, bevor ich noch eine falsche Entscheidung fälle, die der Agentur schaden könnte.

Mit einer gewissen Unruhe betrete ich den Forrest Garden Spa & Golf Club, wo ich ein privates Apartment gemietet habe, und beschließe auszureiten. Hier bin ich früher immer mit Mom hergekommen, und hier habe ich auch reiten gelernt. Es war unser geheimer Ort – nicht einmal Liam wusste davon. Zwar hätte ich noch Arbeit zu erledigen, doch ich muss einfach an die frische Luft und Emma Reed aus dem Kopf bekommen.

Die kühle Waldluft flutet meine Nase, und ich fühle mich zum ersten Mal seit Tagen entspannt. Doch schnell führen mich meine Gedanken zu Emma. Ich möchte nicht, dass sie mich für ein herzloses Arschloch hält. Ich will ihr zeigen, dass mehr in mir steckt als ein guter Liebhaber.

Aber genau diese Gedanken verwirren mich. Ich wollte niemals jemanden so nah an mich heranlassen. Jemanden, der mein Gefühlsleben auf den Kopf zu stellen vermag, und trotzdem ist es passiert.

Ich lausche dem Zwitschern der Vögel und trabe mit Caleb, einem ruhigen Schimmel, durch den Wald. Nach einigen Metern erregt eine Reiterin meine Aufmerksamkeit.

Eigentlich sollte ich einfach vorbeireiten, aber etwas zieht mich förmlich dorthin. Ein panisches Wiehern lässt mich aufhorchen, und ich sehe das Pferd der Frau steigen. In Alarmbereitschaft springe ich von Caleb und eile zu der Reiterin.

Ich sehe noch, wie das Tier die hilflose Frau abwirft und davongaloppiert.

Genervt schüttle ich den Kopf. *Wo war sie denn nur mit ih-*

ren Gedanken? Sie hätte die Situation retten können. Jeder hier glaubt wohl, nach nur einer Reitstunde schon einen auf Cowboy machen zu können.

Die Frau sieht fast so aus wie Emma, lange dunkelbraune Haare, heller Teint.

Diese Ähnlichkeit ist verblüffend, aber sie kann es nicht sein, da muss mir mein Verstand einen Streich spielen. Je näher ich komme, desto nervöser werde ich. Panik erfüllt meinen Körper. *Heilige Scheiße! Sie ist es! Was zum Teufel macht sie hier?*

»Emma!«, brülle ich erschrocken und hetze zu ihr. Sie scheint mich nicht zu hören, ihr Kopf liegt noch immer still da. Ich gehe auf die Knie und streiche ihr einem Impuls folgend über das Haar. Es ist nass. Als ich das Blut an den Händen und in ihren Haaren wahrnehme, drohe ich, den Boden unter den Füßen zu verlieren. Vergessen sind ihre Worte, ihre Abweisung, ihr Verhalten.

Eine unbekannte Furcht keimt in mir auf. Angst um Emma, für die ich mehr empfinde, als je zuvor für irgendeine andere Frau. Das Ausmaß der Kopfverletzung kann ich nicht einschätzen, aber ich erkenne deutlich, wie sie um ihr Bewusstsein kämpft. Emma so verletzt daliegen zu sehen lässt mein Herz vor Schmerz verkrampfen. Ihre bernsteinfarbenen Augen weiten sich vor Schock und Schmerz.

Verdammt, ich will sie nicht verlieren!

Mir tut alles leid. Meine Arroganz ihr gegenüber, dass ich sie ignoriert und nicht mit ihr gesprochen habe. Ich erkenne, wie dumm ich mich verhalten habe, und entschuldige mich bei Emma. So lange, bis sie ihre Augen schließt und das Bewusstsein endgültig verliert.

Ohne zu überlegen lehne ich ihren Oberkörper gegen mich, greife unter ihre Beine und hebe sie hoch. Ich pfeife nach Caleb, der sofort zu mir eilt. Ich nehme die Zügel in die eine Hand und gehe langsam mit Emma in den Armen zurück zum Golfclub.

Ich laufe den Flur meines Apartments, das ich im Club bewohne, auf und ab. Die Ungewissheit macht mich rasend. Seit einer halben Stunde ist der Arzt bei Emma und untersucht sie. *Wie lange dauert das denn noch?* Wenn ich nicht bald erfahre, wie es ihr geht, stürme ich das Zimmer. Bevor ich jedoch handeln kann, öffnet sich die Tür, und der hagere Mann kommt auf mich zu.

»Doktor! Wie geht es ihr?« Ich überrenne ihn fast, er dagegen hebt nur beschwichtigend die Hände.

»Es geht ihr gut. Sie hat nur eine leichte Gehirnerschütterung, ist aber noch stark benommen. Es sind keine bleibenden Schäden entstanden. Ich habe ihr aber trotzdem ein starkes Schmerzmittel verabreicht, damit sie ruhig schlafen kann«, versichert mir Doktor Haymitch. Ich atme erleichtert aus und verabschiede mich, um nach ihr zu sehen.

Emma liegt in meinem Bett, schläft und sieht friedlich aus. Ihre Stirn ist von einem dünnen Verband umwickelt, der die Blutung stoppen soll. Ich fahre mir verzweifelt übers Gesicht. Sie hatte Glück im Unglück. Ich danke dem Schicksal, dass ich in der Nähe war. Sie hätte wegen der Gehirnerschütterung orientierungslos durch den Wald irren können.

Ich gehe im Schlafzimmer auf und ab. Mein Puls rast noch immer und ich schaffe es kaum, mich zu beruhigen. Ich hätte sie verlieren können, ohne sie jemals besser kennengelernt zu haben. *Ein unvorstellbarer Gedanke!*

Ein Stöhnen lässt mich innehalten. Emma beginnt zu zittern und dreht ihren Kopf unruhig von rechts nach links. Sie scheint einen Albtraum zu haben. Ich ziehe die Reiterstiefel aus, lege mich neben Emma und nehme sie fest in die Arme. Vielleicht spürt sie selbst im Traum, dass sie nicht allein ist. Dass ich da bin.

Ihr süßer Geruch dringt mir in die Nase, und ich schließe für einen Moment die Augen. Die Erinnerung an unsere Nacht taucht plötzlich vor mir auf. Es war die erste und einzige Nacht, in der sie *mein* war und ich sie küssen durfte, wann und wo ich wollte.

Das Zittern verschwindet, und auch ihr Herzschlag scheint sich zu normalisieren. Ich sehe auf sie hinab. Ihre kastanienbraunen Haare umschmeicheln ihr Gesicht, und fast kann ich den Ansatz eines Lächelns erkennen. Langsam streiche ich über ihr Haar, welches sich weich anfühlt, und küsse ihre Schläfe, darauf bedacht, ihre Verletzung nicht zu berühren. Dieser Moment ist neu für mich und doch unglaublich vertraut. Es fühlt sich richtig an, Emma in den Armen zu halten, ihr nah zu sein.

Sie reagiert auf meine Berührungen, schmiegt sich an mich und legt ihre Hand auf meine Brust. Ich lächle in mich hinein. Dieses Gefühl ist unbeschreiblich erfüllend. Mein Herz droht aus mir herauszuspringen, und ich kann nicht aufhören, Emma anzusehen.

Ihre Schönheit raubt mir den Atem, sie sieht aus wie ein schlafender Engel. Emma braucht kein Make-up, um hübsch zu sein. Ich streiche über ihre Wangen und wandere zu ihren vollen Lippen. Ich will sie küssen, bemerke zu spät, dass ich mich bereits über sie beuge. *Ob sie wohl etwas dagegen hätte?*

»Sean«, haucht sie und ich muss grinsen. Sie scheint zu spüren, dass ich bei ihr bin. Ich beuge mich vor und küsse sanft ihre Stirn.

Gestern noch war ich ein Aufreißer, der nie kuschelt, sondern vögelt! Ich war ein Arschloch. Und doch hat sich Emma Reed in mein Herz geschlichen und will es nicht wieder verlassen.

Sie klammert sich an mich und beginnt erneut zu zittern. Emma murmelt unverständliche Worte. Unter dem Gestammel höre ich jedoch einen Satz heraus, der mich bis ins Mark trifft. »Lass mich nicht allein.«

Seufzend betrachte ich ihr schönes Gesicht. Ich war ein Idiot. Nur weil sie genau den Nerv getroffen hat, in dieser Wunde bohrte. Natürlich will so eine wundervolle Frau nichts von einem Aufreißer, nein, jemand wie Emma braucht einen Partner, der sie unterstützt, und auf den sie sich verlassen kann. Die Wahrheit traf mich wie ein Schlag ins Gesicht. Klar schaltete ich da erst mal auf stur, ließ sie meinen Zorn spüren, aber nun sehe ich, was ich damit angerichtet habe. Ich ziehe schließlich die Bettdecke über uns, ehe ich sie noch fester an mich drücke. Emma braucht mich, und ich habe das Gefühl, dass auch ich sie brauche.

KAPITEL 15

Emma

Ich öffne die Augen, fühle mich, als würde ich schweben, und erkenne nur langsam, dass ich mich in einem fremden Bett befinde. Zögernd neige ich meinen Kopf zur Seite und sehe auf einen schlafenden Sean. Das muss definitiv ein Traum sein, denn der Schwebezustand hält noch immer an. *Und wieso sollte er auch mit mir in einem Bett liegen?*

Erst jetzt sehe ich, dass er den Arm um mich gelegt hat. Ich schmiege mich heimlich an ihn und betrachte sein Gesicht. Erkenne Augenringe, die gestern noch nicht sein hübsches Gesicht zierten. Seine Wangen sind durch den Schlaf leicht gerötet und sein Mund einen Spaltbreit geöffnet.

Ich kann einfach nicht anders, muss diesen wunderschönen Mann ansehen, der eine Nacht lang mir gehört hat. Da fällt mir wieder ein, dass das hier mein Traum ist, und ich ihn dort küssen kann, wann immer ich will. Langsam nähere ich mich seinem Gesicht. Ein leichtes Schnarchen erreicht mein Ohr, und ich lächle amüsiert. *Ja, ich will auf jeden Fall!*

Aufgeregt schließe ich die Augen, fühle das Vibrieren seiner Atmung am Mund, bevor ich seine vollen Lippen küsse. Es fühlt sich befreiend an, ihn wieder zu spüren und ihm nah zu sein. Ich vergrabe die Hände in seinem Shirt und fühle, wie er den Kuss erwidert.

Kurz öffne ich die Augen, sehe, wie seine Lider flattern. Dann weiten sich seine Augen überrascht, als hätte mein Kuss ihn aus dem Konzept gebracht. Sean ist starr wie eine Salzsäule, doch es kümmert mich nicht.

Meine Lust ist nicht mehr zu bändigen, seinen Körper neben mir zu spüren, lässt die Wildkatze in mir erwachen. Ich beiße ihm verspielt in die Unterlippe und höre ihn stöhnen.

Mit einem Mal löst er sich aus seiner Starre, nimmt mein Gesicht in die weichen Hände und küsst mich leidenschaftlich. Seine Zunge fährt über meine Lippen und ich öffne den Mund, um sie mit meiner zu umspielen.

Ein Prickeln überzieht in Form einer Gänsehaut meinen Körper. Dieser Mann hat einen Effekt auf mich, dass ich glaube, vor Verlangen wahnsinnig zu werden. Unser Kuss wird fordernder, tiefer. Meine Hände wandern zu seinen Haaren, vergraben sich in ihnen, während er mich fest an sich drückt.

Neben ihm liegend strecke ich ihm den Körper entgegen, lasse mich von meinen Sinnen leiten. Plötzlich packt er mich bei den Hüften und dreht sich mit mir um, sodass ich rittlings auf ihm sitze. Ein kurzer Schmerz jagt mir durch den Schädel, lenkt mich ab, doch der ist schnell vergessen. Sean fährt mit beiden Händen über meine Taille, was meinen Körper heftig erzittern lässt. Sie streicheln meinen Po, bevor er sie auf meine Hüften legt. Er hält mich fest, und kein Gefühl könnte schöner sein, als von ihm berührt zu werden.

Meine Finger wandern unter sein Shirt und finden seine warme Haut. Zärtlich fahre ich mit den Fingerkuppen langsam über die festen Bauchmuskeln und spüre, wie sein Körper bebt. Ungeduldig ziehe ich an dem T-Shirt, bedeute ihm mit einem Blick, dass er es ausziehen soll.

Er grinst spitzbübisch, zieht es aus und wirft es achtlos zu Boden. Das Bild, das sich mir bietet, lässt mich vor Erregung die Augen weiten. Sein Oberkörper ist fest, nicht übertrieben durchtrainiert. Sean richtet sich auf, sodass sich unsere Nasenspitzen fast berühren.

»Ich will deinen Körper nun auch bestaunen«, raunt er heiser, und ich schlucke. Ich sehe auf den Mann, auf dessen Schoß ich sitze, und kann kaum glauben, dass er mich will. Hastig zieht er mir das T-Shirt aus, und wieder sind da diese Kopfschmerzen, eine Wolke der Benommenheit. Meine Haare fallen nach vorn, verdecken mein Dekolleté. Meine Wangen glühen tiefrot. Ich beobachte ihn, wie er zärtlich die langen Haarsträhnen nach hinten streicht und den BH freilegt. Langsam hebt er den Arm und streichelt sanft meine Wange, wandert hingebungsvoll an meiner Halsbeuge entlang über den Rücken und findet sein Ziel. Mit einer Handbewegung öffnet er den Verschluss.

Das warme Sonnenlicht erhellt das Schlafzimmer, und Sean kann jeden Winkel meines Körpers sehen. Mit den Fingerspitzen streift er vorsichtig die Träger des BHs ab und entblößt meine Brüste.

»Du bist wunderschön, Emma«, sagt er liebevoll und streichelt meine Oberarme. Unser Atem geht schneller, seine Pupillen weiten sich, und wir blicken einander an. Ich genieße es, von ihm berührt zu werden. Langsam beugt er sich zu mir, streift mein Schlüsselbein mit dem Mund. »So weich«, höre ich ihn flüstern.

Mein Körper wird von einer Gänsehaut überzogen, als seine Hand in meinen Nacken wandert und mich zu ihm zieht. Unsere Lippen verzehren sich nacheinander, und wir küssen uns leidenschaftlich. Er presst meinen nackten Oberkörper an seine Brust und entlockt mir ein Stöhnen. Ihn zu spüren, Haut an Haut, lässt mich schweben.

Plötzlich greift er nach meinen Hüften und dreht uns wieder, sodass ich unter ihm liege. Ein erregend süßer Schmerz erfüllt meinen Kopf, doch der verfliegt, als sein Blick auf mir ruht und er die Konturen meines Körpers nachfährt. »Du. Bist. So. Schön«, raunt er fast ehrfürchtig, bevor er mich küsst.

Ich schnurre wohlig und genieße diesen unglaublich sinnlichen Moment in vollen Zügen. Sachte beginnt Sean, meine Brüste zu kneten, sorgt dafür, dass sich mein Unterleib lustvoll zusammenzieht. Mein Körper wölbt sich ihm entgegen, und ich spüre, wie eine Welle heiße Lava sich in mir aufbaut.

Plötzlich ergreift sein Mund Besitz von einer meiner Brüste. Seine Zunge spielt mit der Brustwarze und saugt an ihr. Ich beiße mir reflexartig auf die Lippen. Meine Hände krallen sich in die Laken, und ich werfe den Kopf in den Nacken. Sein weicher Mund wandert küssend zu meinem Bauch, umkreist mit der Zungenspitze den Bauchnabel. Ich stehe in Flammen, und nur einer kann diesen Brand in mir löschen. *Ich muss ihn haben, sofort!*

»Sean, bitte.«

»Na na, wer wird denn so ungeduldig sein«, raunt er verführerisch.

»Ah«, stöhne ich laut.

Dieser Traum ist der beste, den ich jemals hatte. Auch wenn es nicht real ist, fühlt es sich grandios an. Überwältigt von meinem Verlangen, ihn in mir zu spüren, fingere ich nach seiner Hose.

Mit einem wissenden Lächeln lässt er von mir ab, dreht sich auf den Rücken, sodass ich ihm die Hose herunterziehen kann. Doch die Jeans sitzt eng. Ungeduldig zerre ich daran. Er hebt amüsiert das Becken, und ich hole Schwung, merke jedoch, dass ich zu stark gezogen habe. Ich falle rücklings auf den harten Fußboden – mit der Hose in der Hand.

»Autsch«, fluche ich, als ich den Schmerz spüre, der sich meinen Rücken entlangzieht und mit einem Mal die Lust erstickt. Ein Glänzen an der Zimmerdecke erweckt meine Aufmerksamkeit.

Warte mal ... Wieso ist der Schmerz real? Entsetzt sehe ich auf die Hose in meiner Hand. Das sieht nicht gut aus, das kann nicht sein, außer das hier ist gar kein Traum. Mein Herz bleibt stehen. »Oh, bitte nicht«, flüstere ich zu mir selbst.

Zu meinem Leidwesen erscheint Sean mit besorgtem Blick vor meinem Gesicht. Die Haare stehen in alle Richtungen, und ich erinnere mich, dass ich daran schuld bin. *Lieber Gott, bitte lass dies ein Traum sein!*

»Emma, ist alles okay?«, fragt er, und wieder überrollt mich eine Welle aus Schmerz, aber diesmal sind es heftige Kopfschmerzen. Ich greife mir an die Stirn und fühle etwas Raues, das sich wie ein Verband anfühlt. *Was zum Teufel ist hier los?* »Emma, antworte doch!«

Verwirrt stehe ich auf, zu schnell, denn alles beginnt sich zu drehen. Ich taumle, suche nach Halt. Sean erkennt die Lage, steigt aus dem Bett und hebt mich im Brautstil hoch. Sanft legt er mich auf die zerwühlten Bettlaken. Seine Augen verlassen meine nicht, fixieren mich und mir wird schwindlig. Aber diesmal fühlt es sich gut an. Beschämt, hier halb nackt vor meinem Boss zu sitzen, bedecke ich mit den Armen meine Blöße. Er setzt sich neben mich.

»Was ist hier los?«, frage ich schließlich, nachdem die Stille unerträglich wird.

»Das fragst du mich? Immerhin hast du mich mit einem Kuss geweckt.«

Nein, oh Gott, nein! Sean sitzt neben mir auf der Bettkante, nur in Boxershorts, und sieht mich abwartend an. »Aber … ich dachte, das wäre ein Traum! Ich fühlte mich so leicht«, erkläre ich atemlos. Die Scham schnürt mir die Kehle zu. Mein Gesicht wird tomatenrot.

Seans Blick wirkt sanft, fast liebevoll. »Was weißt du von gestern Nachmittag noch?«

Ich versuche, mich zu erinnern, doch mein Kopf ist leer. Keine einzige Erinnerung an den Unfall. *Merkwürdig.* »Ich weiß nur noch, dass ich mit Bubble ausgeritten bin.«

Sean nickt. »Er hat sich erschreckt, ist in Panik geraten und hat dich abgeworfen.«

Ich schlucke. Das könnte die Schmerzen, die mit jeder Minute schlimmer werden, erklären. Sie pochen jetzt unentwegt, vermutlich, da die Schmerzmittel langsam nachlassen. Trotzdem tappe ich im Dunkeln, erinnere mich an nichts.

Ohne auf eine Antwort von mir zu warten, fährt Sean fort. »Ich bin zufällig in der Nähe gewesen, habe Bubble gehört und habe dir geholfen.« Er streicht mir zärtlich übers Haar. »Ich dachte, es wäre zu spät. Ich sah viel Blut. Ich hatte solche Angst um dich.«

Hat er das gerade wirklich gesagt? Ich dachte, er würde mich hassen, nachdem ich ihn beleidigt habe. »Warum fühle ich mich benommen, schwerelos? Und wieso hast du neben mir gelegen?«

»Der Arzt, der dich behandelt hat, hat dir ein starkes Schmerzmittel verabreicht. Ich schätze, das ist der Grund für deinen Zustand. Zu deiner zweiten Frage. Ich habe hier eine Wohnung gemietet, und da der Arzt gesagt hat, dass du nicht ins Krankenhaus musst, habe ich dich hier schlafen lassen. Du hattest einen Albtraum, deshalb habe ich mich zu dir gelegt, dich in den Arm genommen und bin wohl eingenickt. Und heute Morgen hast du mich mit diesem Kuss geweckt, wie Dornröschen in den Märchenbüchern. Nur um einiges heißer.«

Sean lacht, und ich vergrabe beschämt mein Gesicht in einer Handfläche, während ich mit der anderen meine Brust bedecke. *Dann war das gar kein Traum!* Ich habe Sean geküsst, ihn quasi überfallen und fast mit ihm geschlafen. Mir wird schlecht, und ich drohe, wieder in mich zusammenzusacken. Plötzlich ergreift Sean meine Hand und zieht sie von meinem Gesicht. Mein Herz klopft wie verrückt, und mir ist noch immer heiß von seinen Küssen und Berührungen.

»Du dachtest, du träumst von mir?« Ich nicke verlegen. Er schließt kurz die Augen, seufzt laut auf und öffnet sie wieder. »Und in deinem Traum dachtest du mal eben, *ich verführe meinen schlafenden Boss?*«

Ich nicke erneut. *Wozu jetzt lügen? Ich bin so was von im Arsch!*

Er lehnt sich zu mir und streichelt mir sanft über die Wange. Meine Haut prickelt von dieser Berührung. »Was für ein schöner Traum. Schade, dass er zu Ende ist. Ich könnte mich daran gewöhnen, auf diese Weise geweckt zu werden.« Er zwinkert mir zu, erhebt sich von seinem Bett und geht zur Tür. Bedächtig stehe ich auf. *Wo zum Teufel ist mein BH?* Nachdem ich mich angezogen habe, seufze ich deprimiert. Ich weiß noch immer nicht, wie ich mich verhalten soll. *Soll ich mich entschuldigen? Es einfach vergessen? Oder doch schnell das Weite suchen?*

»Hey, Emma«, ruft er mir von der Tür aus zu.

Ich hebe den Kopf, spüre noch immer die Hitze in meinen Wangen. Diese Situation ist so peinlich. »Ja?«

»Mach dir wegen der Sache keinen Kopf. Ich fühle mich sogar geehrt, dass du von mir träumst.«

»Trotzdem ist es megapeinlich!«

»Finde ich nicht. Es war, sagen wir mal, sehr interessant, auf solche Weise geweckt zu werden.«

Mir dreht sich der Magen um, und ich wünsche mir, in die Zeit zurückreisen zu können. Ich wollte gestern weg von Sean und dem Büro und da lande ich ausgerechnet in seinem Bett.

»Lust auf Frühstück?«

»Sollten wir nicht zur Arbeit?«, frage ich schließlich, da ich keine Ahnung habe, wie spät es eigentlich ist.

»Ich werde anrufen und uns entschuldigen.«

Ich sehe auf in Seans amüsiertes Gesicht. Sein Lächeln wirkt befreiend auf mich, und ich werfe die peinlichen Gedanken über

Bord. Wenn es ihn nicht gestört hat, dass ich mich auf ihn gestürzt habe und ihn verführen wollte, dann soll es mich auch nicht stören.

»Ja, ich habe Riesenhunger«, sage ich, stehe langsam auf und folge Sean in die Küche. Nach diesem Morgen brauche ich definitiv Kaffee!

KAPITEL 16

Sean

Ich fahre den Wagen vor und parke direkt vor dem Eingang des Hochhauses, in dem Emma wohnt. Es ist ein gepflegtes Wohnhaus, mit schneeweißen Platten und schwarzem Glas verkleidet. Generell wirkt diese Wohngegend um den Bryant Park sehr ruhig. Die Fahrt dauert leider nur eine halbe Stunde, sodass ich nicht länger in den Genuss von Emmas Anwesenheit komme. Etwas tief in mir möchte sich nicht von ihr verabschieden. Dieser Teil meiner Gefühlswelt ist mir gänzlich unbekannt, und ich weiß noch nicht, ob ich ihn mag. Ich fühle mich anders. Solche Gefühle habe ich noch nie verspürt. *Wie soll ich also mit ihnen umgehen?*

Emma greift nach dem Türgriff, steigt aus, dreht sich noch einmal um und bückt sich, damit sie sich verabschieden kann. »Danke fürs nach Hause bringen und für meine Rettung.«

Sie lächelt verlegen und sieht unschuldig dabei aus. Doch der Schein trügt. Heute Morgen war sie alles andere als schüchtern, eher wild und voller Feuer. Bei dem Gedanken daran macht sich eine Beule in meiner Hose breit, flüstert mir Worte des Verlangens zu. Diese Frau hat einen unglaublich intensiven Effekt auf mich, wie keine andere zuvor.

»Gern geschehen, und ich danke dir für die heißeste Weckaktion aller Zeiten, die mir sicher noch lange im Gedächtnis bleiben wird.« *Ich wünschte, sie würde mich immer auf diese Weise den Tag beginnen lassen!*

107

»Ähm … tja, gern geschehen. Bis heute Abend dann.« Ihre Wangen glühen, und ich grinse, weil ich weiß, dass ich der Auslöser dafür bin. Sie schließt die Tür und macht Anstalten zu gehen, doch ich lasse die Fensterscheibe heruntergleiten und rufe nach ihr. Überrascht dreht sie sich um und sieht mich mit gerunzelter Stirn an.

»Emma, würdest du mich heute Abend auf die Weihnachtsfeier begleiten? Natürlich nur als Freunde.«

Sie strahlt, und ich schlucke. *Verdammte Scheiße. Wieso finde ich, dass sie das schönste Lächeln hat?*

»Um sieben, Boss?«

Ich nicke, sehe ihr nach, wie sie in das Gebäude geht. Besser gesagt: Ich starre auf ihren knackigen Arsch, der so verführerisch hin und her wippt, dass ich am liebsten in ihn hineinkneifen würde.

Nachdem sie aus meinem Sichtfeld verschwindet, starte ich den Wagen und fädle mich in den Mittagsverkehr. Es staut sich auf der Fifth Avenue, wie immer um diese Zeit, doch es stört mich diesmal nicht im Geringsten. Die Gedanken kreisen um den Beinahe-Sex mit Emma von heute Morgen. Es war erregend, wie sie die Zügel in die Hand genommen und mich verführt hat. Ich liebe Frauen, die nicht prüde sind und aus sich herausgehen.

Ich will Emma. Es wäre so einfach, wäre da nicht die Arbeit. Ich habe mir ihre Bewerbung angesehen. Sie ist qualifiziert und wird es mit harter Arbeit in der Marketingbranche weit bringen. Ich könnte ihr helfen, doch wie ich sie kenne, würde sie diese Hilfe nicht annehmen. Sie ist stur und will es selbst schaffen, was ich insgeheim an ihr bewundere.

Bevor ich noch weitergrübeln kann, klingelt mein Handy. Ich drücke auf den Knopf am Lenkrad, der mich sofort mit dem Anrufer verbindet. »Coleman.«

»Hey Coleman, Coleman hier«, höre ich die gut gelaunte Stimme meines Bruders.

»Liam, Alter. Seit wann bist du denn in den Staaten?«

»Heute Morgen angekommen. Habe einen schlimmen Jetlag. War kurz bei Diane, um Ava zu sehen, und werde mich gleich aufs Ohr hauen, damit ich für heute Abend fit bin.«

»Freut mich, dass du es doch zur Weihnachtsfeier schaffst!«

»Ja, mich auch, habe extra einen früheren Flug genommen. Wie geht es denn Emma? Warst du auch nett zu ihr?« Seine Frage lässt mich die Stirn runzeln. *Wieso fragt er nach Emma?* Er ist sonst auch nicht an den Angestellten interessiert. Na ja, ich eigentlich auch nicht.

»Ja klar, Liam. Wieso fragst du?«

»Na, sie hat dir doch eine geknallt? Ich wollte nur wissen, ob es weitere Zwischenfälle gegeben hat.«

Oh Brüderchen, wenn du nur wüsstest, was sich in den paar Tagen alles ereignet hat! »Nein, keine Sorge. Ich war brav wie ein Schoßhündchen.«

»Kann ich mir bei dir nicht vorstellen«, erwidert er lachend.

»Hey, so schlimm bin ich nun auch wieder nicht«, kontere ich grinsend. *Wie gut er mich doch kennt.*

»Okay, okay, Bruderherz. Wir sehen uns heute Abend.«

Und wieder habe ich das Glück, dass der Parkplatz direkt vor dem Eingang zu Emmas Wohnhaus frei ist. Ich sehe auf meine Designeruhr. Punkt sieben. *Wow, zum ersten Mal bin ich irgendwo pünktlich!* Liam wäre jetzt mit Sicherheit stolz auf mich.

Ich ziehe den Schlüssel aus dem Zündschloss, steige aus und gehe auf die Eingangstür zu. Ihre Wohnungstür steht schon einen Spaltbreit offen, doch Emma sehe ich nicht. Ich trete ein und schließe die Tür hinter mir.

»Fünf Minuten!«, ruft Emma aus dem Schlafzimmer.

Hat sie mich gehört? »Okay. Kein Problem.«

Ich sehe im Flur noch einmal in den Spiegel. Die Krawatte sitzt, der schwarze Anzug passt wie eine zweite Haut, und meine Frisur ist wie immer. Perfekt!

Ich gehe ins Wohnzimmer, setze mich auf die Couch gegenüber der Schlafzimmertür. Das letzte Mal, als ich hier war, war ich betrunken und verkatert, doch es hat sich seitdem viel getan. Ich bin nicht mehr dieser Mann von vor einer Woche. So komisch es klingt, Emma hat mich verändert. Niemals hätte ich gedacht, dass ich mal eine Frau ausführe, ohne sicher zu sein, dass wir im Bett landen. Wie oft hatte Liam gehofft, dass ich die Kurve kriege und eine Frau finde, in die ich mich verlieben könnte.

Ob das auf Emma zutrifft, weiß ich nicht. Ich will sie, körperlich, ja. Sie ist mir nicht egal, ja. Ich hatte Angst um sie, als sie den Unfall hatte, ja. Doch ich war nie verliebt, weiß gar nicht, wie sich das anfühlt. Ich halte Männer für Weicheier, die von ihrer Alten schwärmen und ihr dauernd vorleiern, wie schön sie doch sei. Bäh, da kommt mir das Kotzen. Ich wollte nie so einer sein. Ich wollte mal wie Hugh Hefner enden. In einer Villa mit vielen schönen Frauen, die mich vergöttern.

Das Öffnen der Tür lenkt meine Aufmerksamkeit auf die junge Frau, die dort steht. Was ich sehe, kann ich kaum in Worte fassen. Emma steht in einem bodenlangen, roten Seidenkleid vor mir. Der dünne, glänzende Stoff schmiegt sich anmutig um ihre fantastischen Kurven, umschmeichelt ihren wunderschönen Körper. Da ihr Kleid schulterfrei ist, gewährt es einen herrlichen Blick auf ihre helle, makellose Haut. Ihre langen Haare fallen ihr in Wellen über die Schulter und unterstreichen ihre Oberweite. Sie trägt keinen Schmuck, wirkt sanft, aber selbstsicher.

Trotzdem streicht sie nervös ihr Kleid glatt. Mir ist bewusst, dass ich etwas sagen muss, aber ich kann nicht. Ihre Schönheit hat mir die Sprache verschlagen, und das passiert mir nicht alle Tage. Ich stehe auf, schaue sie so lange an, bis sie den Blick senkt.

Ein Lächeln breitet sich in meinem Gesicht aus. Bedacht gehe ich auf sie zu, sie hebt den Kopf, und meine Augen tauchen in ihr warmes Braun. Mein Herz scheint seinen Rhythmus verloren zu haben und pocht wild in meiner Brust. Etwas passiert mit mir, ich kann es fühlen. Ich habe keine Kontrolle über mein Tun.

Ich stehe dicht vor ihr, und jetzt wird mir das Ausmaß ihrer Schönheit erst bewusst. Ihre vollen Lippen sind leicht geöffnet, und ihre Brust hebt und senkt sich unregelmäßig. Ich streichle ihre Oberarme, lasse die Finger über ihre zarte Haut hinauf in ihren Nacken gleiten. Sie schließt die Augen. Völlig in ihren Bann gezogen nehme ich ihr Gesicht in beide Hände, streiche mit den Daumen über ihre Wangen, bevor ich sie küsse.

Dieser Kuss lässt etwas in mir explodieren. Ein Gefühl, als wäre ich in Trance und nur Emma und ich existent. Sie steht regungslos da, doch sie erwidert meinen Kuss. Er hat nichts Leidenschaftliches, ist sanft und keusch. Ihr süßes Parfüm vernebelt mir die Sinne, und ich drücke sie fest an mich.

Ich will diese Frau nie wieder gehen lassen. Ein Gefühl sagt mir, dass sie alles ist, was ich will, ohne zu wissen, dass ich es je gebraucht habe. Unsere Lippen lösen sich, und ich öffne die Augen. Ihr Blick ist liebevoll und lässt mich schwer schlucken. »Entschuldige, Emma, ich … ich konnte einfach nicht anders! Du bist die schönste Frau, die ich jemals gesehen habe«, sage ich fast ehrfürchtig.

Ihre Wangen erröten leicht, und sie schenkt mir ein scheues Lächeln, das ihre Augen glänzen lässt. »Danke, Sean.«

Ich nehme sie bei der Hand und führe sie zu meinem Auto. Eines ist mir definitiv klar geworden: Ich will mehr von Emma als nur eine belanglose Freundschaft. Zum ersten Mal will ich eine Beziehung führen. Ich werde heute Abend mit ihr reden und kann nur hoffen, dass sie genauso empfindet wie ich.

Wer hätte das gedacht? Sean Coleman, Geschenk an die Frauenwelt, will nur mit einer einzigen Frau zusammen sein. *Emma Reed.*

KAPITEL 17

Emma

Etwas ist passiert. Etwas derart Gewaltiges, dass es mir den Boden unter den Füßen weggezogen hat und mich meine Prinzipien hat vergessen lassen. Obwohl ich so verbissen darauf war, Sean und seinen Annäherungsversuchen aus dem Weg zu gehen, bin ich schwach geworden. Ich wollte zwar anfangs nicht mit ihm gesehen werden, doch mittlerweile ist es mir egal, was über mich getratscht wird. Ich leiste gute Arbeit, und das steht für die Vorgesetzten im Vordergrund. Was mit mir und Sean passiert ist und noch passieren wird, ist Privatsache, und ich werde es strikt vom Beruflichen trennen.

Im Auto berühre ich heimlich meinen Mund, der immer noch von Seans Kuss kribbelt. Mit dem Zeigefinger streiche ich über die Unterlippe und habe das Gefühl, immer noch die Wärme seiner Lippen auf meinen spüren.

Was war das vorhin? Wir haben uns schon mehrmals geküsst, aber dieses Mal war etwas anders. Sean war anders. Die Art, wie er mich angesehen hat, wie er mich berührt hat, und die Worte, die er zu mir gesagt hat. Das passt so gar nicht zu ihm. Jedenfalls nicht zu dem Mann, den ich in ihm gesehen habe. *Aber hat er nicht mal etwas Ähnliches zu mir gesagt? Dass er nicht so sei, wie ich denke?*

Ich beobachte ihn aus dem Augenwinkel, wie er still und konzentriert die Straßen New Yorks entlangfährt. Er wirkt nachdenklich und seine Miene ist, soweit ich das durch das Scheinwerferlicht vorbeifahrender Autos erkennen kann, ausdruckslos. *Bereut er den Kuss?* Wir hatten ausgemacht, uns als Freunde zu treffen und zum Hotel zu fahren. Aber Freunde küsst man nicht auf diese Art. Zumindest nicht die, die ich kenne.

Der Wagen kommt in Midtown Manhattan vor einem luxuriösen Gebäude aus grauem Kalkstein zum Stehen. Sean gibt dem Pagen vom Parkservice seine Schlüssel, umrundet das Auto und öffnet mir die Tür. Im ersten Moment muss ich sofort an Liam denken, der wie ein wahrer Gentleman die Beifahrertür für mich aufgemacht hat.

Liam! An ihn habe ich schon lange nicht mehr gedacht. Vor ein paar Tagen war ich noch davon überzeugt, ich würde etwas für ihn empfinden, obwohl ich ihn eigentlich kaum kenne. Mittlerweile glaube ich jedoch, dass ich kurz davor stehe, seinem Bruder mein Herz zu schenken.

Ich steige aus – ausnahmsweise ohne Peinlichkeiten –, und Sean streckt mir den Ellbogen entgegen, den ich dankbar annehme. Wir betreten das Fünf-Sterne-Hotel, und augenblicklich bleibt mir die Spucke weg. Bis jetzt war ich noch nie in solch luxuriösen Restaurants oder Bars, es fehlte immer das nötige Kleingeld. Der Boden ist aus poliertem, orangefarbenem Marmor mit Bronzeornamenten. Die Wände sind in Creme- und Goldtönen gestrichen, und die luxuriöse Ausstattung im Art-déco-Stil lässt meinen Blick umherwandern, um alles zu bestaunen. Goldene Treppen, hohe Fenster, die bis zur Decke reichen, und ein Wasserfall, der sich in der Mitte des eleganten Raums befindet. Ich komme mir in diesem Abendkleid und mit dem Mann an meiner Seite vor wie Cinderella. Alles ist so surreal.

Viel Zeit zum Nachdenken bekomme ich nicht, da werden wir bereits von einem Concierge in unseren Saal begleitet. Mehrere private Räume sind allein für die Mitarbeiter von Coleman

& Sons reserviert. Die gesamte Einrichtung ist in Gold und Schwarz gehalten und sieht überwältigend aus.

Als Sean und ich zum Barbereich gelangen, wo sich gefühlt alle Mitarbeiter befinden, um einen der begehrten Cocktails zu ergattern, drehen sich interessierte Köpfe nach uns um. *Auweia, ich habe total vergessen, dass ich immer noch die Neue bin.*

Reflexartig versuche ich, mich von meinem Boss zu lösen, doch als hätte er geahnt, was ich vorhabe, drückt er meine Hand und sieht mir in die Augen. »Es ist okay, Emma. Ich *will* mit dir gesehen werden. Der schönsten Frau im ganzen Saal.«

Oh Mann, wer zum Teufel ist das? Und wo hat er Sean Coleman gelassen? Bis jetzt hat er immer flotte Sprüche, neckische Kommentare oder anzügliche Bemerkungen fallen lassen, doch seit diesem sanften Kuss vor einer halben Stunde ist nichts mehr, wie es war. *Oder bilde ich mir das ein?*

»Emma!«, ruft Nia durch den Raum und eilt auf mich zu. »Guten Abend, Mr Coleman«, begrüßt sie den Mann an meiner Seite und reicht ihm die Hand. Endlich lässt mich Sean los, damit er sie begrüßen und Nia mich umarmen kann.

»Ich hole uns etwas zu trinken«, meint Sean und schreitet zur Bar. Nias Blick gilt nun mir.

»Süße, du siehst ja hammermäßig aus! Aber wieso kommst du Arm in Arm mit dem Boss hierher?« Ihre Stimme klingt vorwurfsvoll, was mich etwas nervös macht.

»Er hat mich von zu Hause abgeholt, weil mein Auto in der Werkstatt ist. Wir kennen uns schon länger«, flunkere ich und hoffe, dass meine piepsige Stimme mich nicht verrät.

»Ah! Okay, ich verstehe. Dann muss ich dich ja nicht vorwarnen, das ist gut.« Sie atmet erleichtert aus.

»Vorwarnen?«

»Na ja, er hat einen ziemlich schlechten Ruf bei Frauen, was du ja sicher weißt. Sean baggert sie an, schläft mit ihnen und lässt sie dann stehen. Ich hoffe, dass du ihm nicht verfällst. Ich hab dich sehr lieb gewonnen und würde nicht wollen, dass du kündigst.« Ihre Worte klingen ehrlich und besorgt. Außer Aiden habe ich keine Freunde, doch ich hoffe inständig, dass sich zwischen Nia und mir eine gute Freundschaft entwickelt.

Ich versuche, mich nicht von ihren Worten einschüchtern zu lassen, was mir allerdings sehr schwerfällt. Nia lenkt mich jedoch schnell von aufkommenden Gedanken ab, indem sie mir von ihrem Freund vorschwärmt, der im weit entfernten England lebt. Während ich ihr zuhöre, sehe ich zufällig in Seans Richtung, und unsere Blicke treffen sich.

Er scheint sich mit jemandem an der Bar zu unterhalten, lässt mich jedoch nicht aus den Augen. Er zwinkert mir zu, und ich sehe aus Reflex verlegen weg. Mein Herz klopft mir bis zum Hals, und mein Atem geht augenblicklich schneller. *Dieser Mann macht mich einfach schwach!* Dabei habe ich mir fest vorgenommen, auf Abstand zu gehen und mich auf die Arbeit zu konzentrieren. *Und was passiert?* Mein Boss rettet mir das Leben, ich verführe ihn beinahe, weil ich dumme Nuss denke, es sei nur ein Traum, und dann küsst er mich heute mit solcher Zärtlichkeit, dass ich das Gefühl nicht loswerde, dass wir alles sind, nur keine Freunde! Mein Herz wird schwer, und ich merke, dass ich mich in einer Zwickmühle befinde.

Ich entschuldige mich bei Nia, verlasse den Saal, um an die frische Luft zu gehen, und stoße im Flur mit jemandem zusammen. *Augen auf, Emma! Bist du blind oder was?*, meckert mich mein Unterbewusstsein an, und ich kann ihm nur zustimmen.

Dieser Jemand, auf dessen Brust mein Kopf kurz ruht, legt seine Hände sanft auf meine nackten Arme, und dort, wo er mich berührt, brennt es wie Feuer. Überrascht über meine eigene Reaktion hebe ich den Blick und sehe in türkisfarbene Augen, die mich überwältigt mustern. Liam steht vor mir, in ei-

116

nem grauen Anzug, schwarzer Krawatte und dem sexy Lächeln, mit dem er mir noch vor ein paar Tagen den Kopf verdreht hat. Mein Herz hämmert dermaßen hart gegen meine Brust, dass ich das Gefühl habe, es könnte explodieren. *Wie habe ich diesen Coleman nur so lange verdrängen können?*

»Liam!«, hauche ich überrascht.

»Emma. Hey.«

Er starrt mich gebannt an, lässt seine Augen jeden Zentimeter meines Körpers erkunden. So kommt es mir vor jedenfalls vor, und das Merkwürdige ist, es stört mich nicht. Nicht im Geringsten. Es kommt mir beinahe wie eine Ewigkeit vor. Und ich muss mir tatsächlich eingestehen, dass ich ihn vermisst habe, obwohl ich ihn kaum kenne.

Liam streichelt zärtlich meine Oberarme, fährt mit rauen Fingern auf und ab, und ich bin versucht, die Augen genüsslich zu schließen. Alle Härchen auf meiner Haut stellen sich auf. Seine Hände zu spüren überwältigt mich, führt mir vor Augen, wie verwirrt mein Herz doch ist. Ich sehe in sein wunderschönes Gesicht. Im Gegensatz zu Sean ist er nicht glatt rasiert, sondern ein Dreitagebart ist zu erkennen.

Es fühlt sich vertraut an, von ihm berührt zu werden, als wäre er ein Teil von mir, den ich immer gesucht und endlich gefunden habe.

Ich höre das Hämmern seines Herzens und bemerke erst jetzt, dass ich auch ihn nicht kalt zu lassen scheine. Liam seufzt, streicht mir liebevoll eine Strähne hinters Ohr. Sein Gesicht strahlt, und mein Herz bleibt stehen. Dieses Lächeln, es ist einfach umwerfend.

»Emma. Du siehst … wunderschön aus.«

Wieder tasten seine Augen mich ab, und meine Wangen glühen. Ich bedanke mich leise, bevor ihr ihn wieder ansehe.

»Wie geht es dir? Ich dachte schon, du seist vom Erdboden verschluckt, weil du mir nicht auf meine Mail geantwortet hast.«

Mail? Welche Mail?

Zeit zum Antworten bleibt mir nicht, denn Sean erscheint und sieht uns misstrauisch an. Ich erkenne auch langsam den Grund dafür. Liams Hände ruhen noch immer auf mir, und er blickt mich verträumt an, merkt gar nicht, dass Sean vor uns steht.

Augenblicklich fühle ich mich unwohl, löse mich schnell von ihm, weiß nicht, was ich sagen oder wie ich mich in dieser komischen Situation verhalten soll. Ich stehe hier im Flur mit meinen beiden Bossen, für die ich mehr empfinde. Überfordert von meinen Gefühlen lasse ich beide einfach stehen. Ich brauche Ruhe, muss meine verflixten Gedanken sortieren, kann kaum atmen. Zum Glück finde ich einen kleinen Raum, der anscheinend mal als Garderobe gedient hat, jetzt allerdings nicht mehr genutzt wird.

Ich setze mich auf die Stoffcouch in der Ecke, stütze die Ellbogen auf den Knien ab und vergrabe mein Gesicht in den Händen. *Verdammt, was ist nur los mit mir? Wieso werde ich bei Sean UND bei Liam schwach?* Beide machen mich total nervös, lassen mein Herz höher schlagen, und ich kann beide nicht aus meinem Kopf bekommen. *Das darf nicht sein! Ich kann mich doch nicht ausgerechnet in meine beiden Bosse verliebt haben?*

Obwohl alle Zeichen dafür sprechen. Verdammt, warum kann ich nicht einfach einen Knopf drücken, der mein Herz nur mit Sauerstoff versorgt, aber keine Gefühle zulässt? Das wäre mal eine gesunde Abwechslung.

Nias Worte kommen mir in den Sinn, über Seans Ruf und dass er Frauen nur ausnutzt und danach fallen lässt. Ich habe Angst, dass er mein Herz brechen wird, und dann ist da auch noch Liam, für den ich ebenfalls etwas empfinde.

Ich kann es nicht leugnen, nicht mehr. Nur … was soll ich jetzt machen?

Mir schwirrt der Kopf, und ich will einfach nur weglaufen,

mich im Bett verkriechen und mal ernsthaft über mein Gefühls-leben nachdenken. Ich stehe vom Sofa auf, will hinausgehen und diese Party verlassen, als sich die Tür öffnet. Instinktiv trete ich zurück.

»Emma?«, fragt Sean mit besorgter Stimme in den Raum und ich schließe gequält die Augen. Er entdeckt mich offenbar, kommt auf mich zu.

»Hey, Sean«, flüstere ich. *Wie hat er mich gefunden?*

»Was ist denn los? Wieso bist du einfach abgehauen? Liam und ich suchen dich schon überall.«

Er betritt das Zimmer, lässt die Tür offen stehen und geht ei-nen Schritt auf mich zu. Sean macht Anstalten, mich in die Arme zu nehmen, aber ich hebe abwehrend die Hände, was ihn inne-halten lässt. Ich darf ihn mich nicht berühren lassen, sonst werfe ich doch nur wieder all meine Vorsätze über Bord. Ich muss das endlich klären.

»Sean. Bitte. Wir müssen reden. Über … das, was da zwischen uns ist.«

»Okay.« Er wirkt nicht überrascht, das lässt mich Mut fassen.

»Es geht um deinen Ruf. Jeder warnt mich vor dir, dass du Frauen verführst und danach fallen lässt. Wir hatten einen One-Night-Stand, du bist mein Boss, und es ist alles verwirrend. Ich weiß nicht … was wir sind, was wir sein könnten … ob wir nicht nur Freunde bleiben sollten. Ich … weiß gar nichts mehr.«

Ob er wieder sauer auf mich wird? Er kommt auf mich zu, stellt sich direkt vor mich und sieht mir tief in die Augen. Ich versuche, das leichte Flattern in meinem Bauch zu ignorieren, doch seine Präsenz zieht mich in den Bann. »Emma, ich höre fast bis hierher, wie sehr dein Herz schlägt. Und mir geht es genauso, wenn ich bei dir bin. Wir zwei können nicht *nur* be-freundet sein. Und ja, wir hatten einen One-Night-Stand. Aber wer sagt, dass daraus nicht mehr entstehen kann?«

»Ich … weiß es nicht. Ich weiß nur, dass ich Angst habe, verletzt zu werden.«

Er streicht mir übers Haar. »Ich weiß um meinen Ruf, Emma. Bis jetzt hat es mich auch nicht gestört, mich durch die Betten zu schlafen. Doch seit ich dich kenne, stelle ich vieles infrage.«

»Es passt einfach nicht zu mir, etwas mit meinem Chef anzufangen. Ich bin nicht die Frau für heimliche Affären«, sage ich verzweifelt. Sean greift nach meinen Händen und drückt sie sanft.

»Das weiß ich doch, und genau das ist es, was mir an dir gefällt. Du bist anders. Besonders. Und ich möchte, dass du mir gehörst. Ich will dich mit Haut und Haaren.«

Wie bitte? Will Sean mit mir zusammen sein?

»Wie meinst du das?«

»Ich habe noch nie so für jemanden empfunden, wie ich es für dich tue. Das hat mich zuerst sehr irritiert, aber jetzt verstehe ich es. Ich habe mich in dich verliebt.«

Dieses Liebesgeständnis macht mich noch nervöser. Mein Mund klappt auf, aber mir hat es die Sprache verschlagen.

»Bitte, gib mir eine Chance. Ich werde dir nicht wehtun.«

Seine Stimme ist sanft, seine Augen voll Gefühl, und mir schlägt das Herz bis zum Hals. *Gütiger Gott, was soll ich nur tun?* Er hat ja recht, wir können alle Hindernisse aus dem Weg räumen. *Aber heißt das, dass es eine Zukunft gibt? Mit ihm?*

Sean stellt sich vor mich, beugt sich zu mir, umfasst mein Gesicht mit seinen sanften Händen. Nur Zentimeter trennen unsere Lippen voneinander. Doch bevor er mich küssen kann, bekomme ich ein mulmiges Gefühl im Bauch und ein zweites Gesicht taucht vor meinem inneren Auge auf. Da ist noch etwas, was Sean nicht weiß. Meine Gefühle für Liam.

»Sean, warte!«

Er hält inne, sieht mich verwirrt an. Am liebsten würde ich

wegsehen, doch seine Hände verhindern es. Dieses Funkeln darin bringt mich um den Verstand.

»Es gibt etwas, was du noch nicht weißt.«

Er grinst mich an. »Egal, was es ist. Es wird nichts an meinen Gefühlen für dich ändern, Emma.«

Mein Herz wird schwer. »Ich will dich auch, aber ... es gibt da noch jemand anderen.«

Die Worte verlassen meinen Mund, ohne dass ich näher über ihre Formulierung habe nachdenken können, und ich starre wie gebannt auf Seans Reaktion. Seine Miene bleibt ausdruckslos.

»Egal, wer es ist. Ich bin besser als er.« Sein Blick ist siegessicher. *Oh Gott, wie er um mich kämpft!* Aber er muss es wissen.

»Es ist Liam.«

Er stutzt. »Mein Bruder?«

Ich nicke.

Sean löst sich von mir, starrt mich ungläubig an. »Seit wann?« Er mahlt mit dem Kiefer.

Es ist also doch nicht egal, ich hab es ja gewusst. »Das tut doch nichts zur Sache«, antworte ich hastig, suche nach Worten. »Ich habe Gefühle für euch beide! Und ich will nicht zwischen euch stehen. Da ziehe ich mich lieber ganz zurück und kündige.« *Und das ist mein Ernst.*

Er greift panisch nach meinen Händen. »Nein, Emma! Du musst die Agentur nicht verlassen. Egal, was du für Liam empfindest, ich weiß, dass deine Gefühle für mich stärker sind.«

»Ich bin in dich verliebt, ja.« Sean nähert sich mir, aber ich weiche immer weiter zurück. »Es wäre unfair, dich im Bezug auf Liam zu belügen.«

»Ich weiß es doch jetzt.«

Ich fühle schon die kühle Wand in meinem Rücken. »Nein, Sean, bitte. Wenn ich mit dir zusammen sein will, dann sollst du der einzige Mann sein, für den ich etwas empfinde.«

»Ich *werde* der Einzige sein, dafür sorge ich.«

Dann zieht er mich in seine Arme, und ich kralle mich regelrecht an ihm fest. Fast schon verzweifelt treffen unsere Lippen aufeinander, und ich spüre die Leidenschaft, mit der er mich küsst. »Emma«, flüstert er heiser und presst mich noch stärker an sich.

Mein Blut beginnt zu kochen, und ein süßes Kribbeln durchflutet meinen Körper. Augenblicklich schlinge ich die Arme um seinen Nacken, erwidere hungrig seinen Kuss.

Seine geschickte Zunge wandert von meinem Mund über die Halsbeuge zu meinem Schlüsselbein. Die Erregung in diesem intimen Moment lässt mich erzittern. Ich verliere den Boden unter den Füßen, bleibe nur aufrecht, weil er mich fest an sich drückt. Ich bin verloren in seinen Armen, und doch fühlt es sich grandios an.

Dieser Gott von einem Mann will mich, und ich will ihn. Es ist so einfach, und mit einem Mal ist die Entscheidung gefallen: *Sean gehört mein Herz.*

KAPITEL 18

Liam

»Daddy!«, kreischt Ava und rennt auf mich zu. Ich gehe in die Hocke und breite lachend die Arme aus. Sie wirft sich direkt auf mich, und ich drücke sie fest an meine Brust, hebe sie hoch. Ich habe sie fast eine Woche nicht gesehen, und der Trennungsschmerz ist schier unerträglich.

»Wie geht es dir, Prinzessin?«

Ich streiche über ihr Haar. Sie kichert. »Mir geht es gut, Daddy. Außer dass ich dich schrecklich vermisst habe!«

Ich umarme sie erneut, ehe ich sie wieder auf den Boden ihres Kinderzimmers stelle. Ein Räuspern hinter mir erklingt. Langsam drehe ich mich um und sehe meine Exfrau. Ihr dunkelbraunes Haar trägt sie nicht mehr bis zur Taille, sondern schulterlang. Sonst hat sie sich seit unserer Trennung nicht verändert. Schlank, gebräunter Teint, dunkle Augen und wunderschön. Früher war ich immer stolz, dass sie mir gehört hat. Doch an die glückliche Zeit will ich jetzt nicht denken, das hat sie nicht verdient. Nicht nach dem, was sie mir angetan hat.

»Sie hat dich vermisst, Liam, und ich auch«, sagt sie mit ihrer rauen Stimme, die so gar nicht weiblich klingt.

»Bitte, Diane, lass es bleiben. Ich bin müde«, erwidere ich genervt.

»Ich weiß, ich habe einen Fehler gemacht, aber ich habe mich geändert. Ich möchte, dass wir wieder eine Familie sind.« Sie klingt verzweifelt.

Ich fasse es nicht. Auch nach Jahren versucht sie noch, mich zurückzugewinnen. Mein Blut kocht, und ich balle die Hände zu Fäusten. »Familie? Du hast doch keine Ahnung, was dieses Wort überhaupt bedeutet!«

Bevor das Gespräch in einen Streit umschlägt, kommt meine wunderschöne Tochter mit einem Blatt Papier in der Hand auf mich zugerannt. Ich versuche, zu lächeln, gehe wieder in die Hocke, um das Bild zu betrachten. Es zeigt einen Frauenkopf. Dunkles Haar, heller Teint und kirschrote Lippen. Ich glaube, die Frau zu erkennen, die sie gemalt hat, bin mir aber nicht sicher. »Wer ist denn das, Süße?«, frage ich nach.

»Na, das ist natürlich Emma. Du hattest recht, Daddy, sie ist wunderschön.«

Ich muss lächeln, wie gut Ava sie getroffen hat. Die Ähnlichkeit ist verblüffend. Meine Tochter scheint im Zeichnen sehr begabt zu sein. »Ja, das ist sie. Aber woher kennst du sie denn?«

»Onkel Sean hat mich zu seiner persönlichen Sekretärin gemacht, und als ich draußen im Flur gespielt habe, habe ich sie entdeckt.«

»Wer ist Emma?«, höre ich Diane hinter mir fragen.

Ava wendet sich ihr zu und kichert. »Das ist Daddys Freundin.«

»Was?!« Diane verschränkt die Arme vor der Brust und sieht mich entsetzt an.

Ich schüttle den Kopf und streiche über Avas brünettes, gelocktes Haar. »Nein, Prinzessin. Sie ist nicht meine Freundin«, sage ich mit einer gewissen Wehmut in der Stimme. *Jedenfalls noch nicht.*

Ich überlasse mein Auto dem Personal vom Parkservice und betrete das Hotel. Ein Blick auf die Armbanduhr verrät mir, dass es schon halb acht ist. Ich wollte eigentlich etwas früher da sein, um mit meinem Vater über den Kongress zu sprechen und mich mental auf mein Zusammentreffen mit Emma vorzubereiten.

Seit unserem Beinahe-Kuss habe ich sie nicht mehr gesehen und muss gestehen, dass ich an nichts anderes mehr denken kann. An ihre vollen Lippen, die ich an jenem Tag nicht berühren konnte. An ihre bernsteinfarbenen Augen, die mir tief in die Seele geblickt haben. Ihre Wangen, die stets gerötet schienen, wenn wir uns berührten.

Ich haste durch den Flur, beschleunige meine Schritte. Ich möchte ungern zu spät auf der Weihnachtsfeier erscheinen, das ziert sich schließlich nicht.

Plötzlich stoße ich mit jemandem zusammen. Ich spüre sofort, dass sie es ist. Ihr Parfüm, jener Duft nach Rosenblüten. Diesen Duft würde ich unter Tausenden wiedererkennen.

Ihr Kopf ruht auf meiner Brust und ich lege die Hände auf ihre nackten Oberarme. Ihr Atem wird augenblicklich schneller. Emma reagiert auf mich. Ich grinse über ihre Offenheit. *Also spürt sie es auch. Diese Anziehungskraft zwischen uns.*

Emma sieht auf, und unsere Blicke treffen sich. Sie ist noch schöner, als ich sie in Erinnerung habe, und mein Herz macht einen Aussetzer. »Liam!« Sie klingt überrascht.

»Emma. Hey.« Erst jetzt bemerke ich ihr bodenlanges, schulterfreies Seidenkleid. Ihre wohlgeformten Kurven kommen besonders zur Geltung, und ihre weiche Haut scheint meinen Blick wie magisch anzuziehen. Wie gerne würde ich wissen, wie sie unbekleidet aussieht. Wie sie reagiert, wenn ich ihre vollen Brüste liebkose und mich in ihr verliere. Seit ich sie das erste Mal gesehen habe, will ich sie.

Ich streichle sanft ihre Oberarme, spüre eine Gänsehaut, die von meinen Berührungen ausgeht. Ihre Augen tauchen in meine, und sofort erfüllt mich eine Wärme, die ich nie zuvor gespürt habe. Nicht mal bei Diane.

Emma ist erfrischend anders, nicht wie die anderen, die ich kennengelernt habe. Sie hat kein Interesse daran, sich hochzuschlafen, ist witzig und so liebenswert tollpatschig, dass ich das Gefühl nicht loswerde, sie beschützen zu müssen.

Ob ich es mir eingestehen will oder nicht – ich bin hoffnungslos in diese Frau verliebt. Ich muss es ihr sagen und kann nur hoffen, dass sie ebenso für mich empfindet. Aber die Zeichen versprechen mir, dass ich gute Chancen habe.

Um sie nicht direkt zu überrumpeln, frage ich Emma, wie es ihr geht, wieso sie mir nicht auf meine Mail geantwortet hat, und mache ihr ein Kompliment, das sie verlegen macht. In der Tat raubt mir ihre Schönheit den Atem. Eine Antwort bekomme ich allerdings nicht, da sie fluchtartig den Flur verlässt, nachdem sie Sean erblickt hat. Ich sehe ihn irritiert an. »Weshalb flüchtet sie vor dir? Was hast du zu ihr gesagt?«

Er grinst, und ich weiß, dass mir jetzt schon nicht gefällt, was er zu sagen hat. »Nun, Brüderchen. Du kennst mich und meine Wirkung auf Frauen.«

Er scheint absichtlich das Thema zu wechseln, also schneide ich ihm den Weg ab und frage ihn noch mal – meinem ernsten Gesichtsausdruck und dem wahrheitssuchenden Blick konnte er noch nie lange standhalten. Sean seufzt. »Seit ich mit Emma geschlafen habe, kann ich die Finger einfach nicht von ihr lassen, sie nicht vergessen.«

»Was?«

»Ja, ich weiß, was du denkst! Sean und Emma, das kann nicht gut gehen, aber ich glaube, ich bin ernsthaft in sie verliebt.«

»Was?« Ich scheine wie in einer Starre festzuhängen, kann einfach nicht glauben, dass Emma gleich in der ersten Woche mit Sean ins Bett gesprungen ist. *Habe ich mich derart in ihr getäuscht? Ist sie vielleicht doch nur wie die anderen, die auf Karriere und Geld aus sind?*

Mein Bruder kommt auf mich zu, drückt verunsichert meine Schulter. »Liam, Alter. Geht es dir gut? Du siehst blass aus.«

Ich schließe kurz die Augen, um mich zu sammeln. Mein Bruder hat anscheinend endlich jemanden gefunden, an dem er wirklich interessiert ist, was noch nie passiert ist. Nur dass es zu meinem Leidwesen ausgerechnet die Frau sein muss, für die ich auch etwas empfinde, will mir nicht begreiflich werden. *Seit wann haben wir überhaupt denselben Geschmack?*

Sean sieht mich abwartend an, und ich merke erst jetzt, dass ich ihm eine Antwort schulde. »Meinst du es wirklich ernst mit ihr?«, ist alles, was ich rausbekomme.

Er nickt und sieht mich eindringlich an. »Ja. Sie bedeutet mir sehr viel. Ich will nur Emma.«

Ich suche überall nach Emma. Nachdem Sean und ich alle Räumlichkeiten, die für unsere Weihnachtsfeier reserviert sind, abgesucht haben, haben wir beschlossen, uns zu trennen. Mit einer Leere in mir denke ich erneut an Seans Worte.

Er liebt Emma, auch wenn ich es kaum glauben kann. Und ich stelle alles infrage, was ich über Emma zu wissen gedacht habe. Sie ist also doch eine Frau, die schnell mit jemandem ins Bett steigt. Sonst wäre sie Sean nicht gleich verfallen, da bin ich mir sicher. Sie hat mit ihm geschlafen, obwohl sie gewusst hat, dass er ihr Boss ist.

Mir ist klar, dass auch ich sie begehre, aber ich hätte erwartet, sie davon überzeugen zu müssen, dass es kein Problem werden würde. Ich hätte sie nie im Leben gleich verführt, sondern sie zuerst näher kennengelernt. Sex ohne Liebe gibt es für mich nicht, so bin ich einfach. Viele Männer würden mich für ein Weichei halten, ich sehe mich dagegen eher als Romantiker.

Dumpfe Stimmen erreichen mein Ohr, ich nähere mich einer offenen Tür, die etwas abseits des Geschehens ist. Mit jedem

Schritt erkenne ich die Stimmen meines Bruders und Emmas, die anscheinend heftig diskutieren, aber ich verstehe nicht, was sie sagen.

Ich frage mich, warum sie vor ihm davongelaufen ist. Vielleicht will sie ihn ja gar nicht und bereut, mit ihm geschlafen zu haben. Dann ist es still, ich nähere mich langsam dem Türrahmen, spähe in das Zimmer und weiß, weshalb es so ruhig ist. Sean und Emma küssen sich, leidenschaftlich und ungestüm. Meine Augen weiten sich vor Schreck, und ich balle die Hände zu Fäusten. Mein gebrochenes Herz zieht sich schmerzlich zusammen, lässt mich scharf die Luft einziehen. Zutiefst verletzt wende ich den Blick ab. Die Frau, für die ich Gefühle hege, liebt anscheinend meinen Bruder, und diese Erkenntnis erschüttert mich bis ins Mark.

Ich weiß, dass ich nicht wie Sean bin, an dem die Frauen kleben. Seit Kindertagen war er der Schwarm, der alle Frauenherzen höher schlagen ließ, und bisher hat es mich noch nie gestört, doch jetzt ist alles anders. Sean passt nicht zu Emma, ich kann mir einfach nicht vorstellen, dass er sie glücklich machen kann. Aber es ist, wie es ist. Sie hat Sean gewählt, ohne jemals zu wissen, dass auch ich in sie verliebt bin. *Ob sie sich anders entschieden hätte, wenn ich es ihr vorhin einfach gestanden hätte? Läge sie dann in meinen Armen?*

Mit einem Mal werde ich wütend. Wütend auf mich, weil ich so dumm war, zu glauben, dass Emma anders sein könnte. Doch sie sind alle gleich. Frauen wollen Geld und Karriere, und es ist ihnen egal, durch welche Betten sie sich schlafen – und mein Bruder, der Verführer Nummer eins, schnappt die einzige weg, die vielleicht nur einen Funken anders hätte sein können.

Emma Reed hat mich zu tiefst enttäuscht, und ich muss sie vergessen. Schnell. Um meines Herzens willen.

KAPITEL 19

Emma

Nach der Weihnachtsfeier, auf der wir, abgesehen von der einen Ausnahme in der Garderobe, brav die Finger voneinander gelassen haben, sind Sean und ich schließlich wild knutschend in meiner Wohnung gelandet. Statt der erhofften Zweisamkeit fanden wir jedoch einen aufgelösten Aiden auf der Couch vor, der mir sofort heulend um den Hals fiel. Er hatte sich offenbar unerwartet von seinem neuen Freund getrennt.

Sean zeigte unglaubliches Verständnis, das ich ihm nicht zugetraut hätte, und ließ uns allein – nicht ohne mich vorher so intensiv zu küssen, dass mir ganz schwindlig wurde. Aiden und ich verbrachten dann doch Weihnachten zusammen, betranken uns in verschiedensten Bars und ließen uns von Sean abholen.

Unsere Beziehung blüht geradezu auf, und ich lerne Sean jeden Tag noch besser kennen. Wir sind sehr verschieden. Er ist chaotisch, ich liebe es eher ordentlich. Er geht lieber in Pubs, als nett auszugehen und in einem Restaurant zu Abend zu essen. Aber wie sagt man immer: Gegensätze ziehen sich an. *Und wie wir das tun!*

Dass er gut im Bett ist, wusste ich bereits, doch er ist der reinste Wahnsinn. Seine Hände, sein Mund, seine Zunge führen mich stetig zu heftigen Orgasmen – und wenn ich denke, dieser Höhepunkt sei der beste gewesen, setzt er das nächste Mal noch einen drauf. Sean ist purer Sex auf zwei Beinen. Das habe ich noch nie erlebt.

Im Büro weiß niemand über unsere Beziehung Bescheid, außer Nia und Charles Coleman, die es eher zufällig erfahren haben. Während Nia sehr skeptisch ist, da sie Seans Ruf nicht gutheißt, ist sein Vater begeistert, dass er zum ersten Mal eine Freundin hat. Dass ich Assistentin in seiner Agentur bin, stört ihn nicht.

Es könnte alles so schön sein, wäre da nicht Liam. Nachdem Aiden sich am Abend der Weihnachtsfeier endlich beruhigt hatte und eingeschlafen war, kam ich dazu, die Mail zu lesen. Er wollte sich mit mir vor *Mr Chen's Castle*, dem chinesischen Restaurant treffen.

Ich beschloss, mit Liam eine freundschaftliche Beziehung zu beginnen, schließlich bin ich jetzt mit seinem Bruder zusammen und er damit Familie, doch dazu kam es nie. Liam versetzte mich eiskalt. Erst glaubte ich, ich hätte etwas falsch verstanden, las die Mail erneut. Als ich ihn darauf ansprach, zuckte er nur mit den Schultern und sagte, dass er keine Lust zum Essen gehabt hätte.

Generell ist er nach der Weihnachtsfeier wie ausgewechselt, spricht kaum ein Wort mit mir, geht mir stets aus dem Weg. Mir ist klar, dass er vielleicht enttäuscht ist, weil ich nun mit Sean zusammen bin, immerhin hätten wir uns fast geküsst. Aber er hat nie gesagt, dass er Interesse an mir hat. Er wollte mich küssen, klar, doch dass er eine Beziehung mit mir will, hat er nie erwähnt. Dass er mir so aus dem Weg geht, hätte ich ihm nicht zugetraut. Sein Verhalten bringt mich buchstäblich zur Weißglut, denn das macht das Arbeiten in seiner Abteilung nicht gerade einfach. Ich tue es ihm gleich, wechsle kaum ein Wort mit ihm und wenn, dann streiten wir beinahe.

Obwohl ich nach außen hin die Toughe spiele, verletzt mich Liams Ablehnung sehr. Wir haben uns schließlich von Anfang an gut verstanden, nachdem er mir gezeigt hat, dass er nicht Mister Arsch ist, wie ich nach dem Unfall erst dachte. Er bedeutet mir noch immer viel. Ich habe ihn als liebevollen, charmanten Mann kennengelernt, aber davon ist keine Spur mehr zu sehen.

Je schlechter ich mich mit Liam verstehe, desto mehr scheint meine Beziehung zu Ava aufzublühen. Seine kleine Tochter kommt fast jeden zweiten Tag nach der Schule ins Büro und weicht mir meist nicht von der Seite. Sie ist so entzückend, dass ich sie einfach lieb haben muss! Nia und ich sind mit der Zeit enge Freundinnen geworden. Auch mit Alex verstehe ich mich immer besser, sehr zum Leidwesen von Sean, der eifersüchtig ist.

Generell ist Sean besitzergreifend, wenn wir ausgehen. Auf der einen Seite stört es mich nicht, da ich seine Eifersucht sexy finde. Auf der anderen fühle ich mir ständig auf die Finger geschaut, da ich auch nichts gegen männliche Freundschaften habe.

»Ich möchte, dass jeder weiß, dass du nur mir gehörst und kein anderer dich haben kann!«, hat er mir mal ins Ohr geraunt und alle Zweifel ausgelöscht.

Sogar mit dem Senior Boss verstehe ich mich blendend, wie so oft hat er mir gedankt, dass ich aus Sean endlich einen ehrbaren Mann gemacht habe. Ich muss immer schmunzeln, wenn ich daran denke, denn im Grunde habe ich nichts getan.

Was sich doch alles in nur zwei Monaten ereignen kann!

Nun sitze ich hier in meiner Büronische und gehe noch mal das Layout für eine Kaufhauseröffnung durch. Nia hat Recht behalten. Mit der Zeit ist mein Aufgabenbereich erweitert worden, und ich kann mein Können unter Beweis stellen.

Ich bekomme nur kleinere Aufträge zugeteilt, doch die erfülle ich stets zur vollsten Zufriedenheit der Kunden, das verriet mir Charles, und sogar Jazabell lobt mich für meine Arbeit. Oft mache ich Überstunden, versuche zu beweisen, dass ich die geborene Marketingmanagerin bin, um mir nicht nachsagen lassen zu müssen, es läge an meiner Beziehung zu Sean, sollte das einmal rauskommen.

Ich sehe auf die Wanduhr. Es ist gerade mal neun Uhr, also habe ich noch viel Zeit, mein Arbeitspensum für heute zu schaffen. Bevor ich mich jedoch in die Arbeit stürze, brauche ich dringend einen Kaffee. Ich stehe auf, ziehe den schwarzen Bleistiftrock ein wenig runter.

Heute bin ich besonders stolz auf mein Outfit, denn ich habe vorige Woche in einem Second Hand Laden original knallrote Peeptoes aus den Sechzigerjahren ergattert. Die Farbe passt perfekt zum Halstuch und dem roten Blazer. In der Kaffeeküche sehe ich eine nachdenkliche Nia, die gerade am Kaffee nippt und nicht mal registriert, dass ich neben ihr stehe.

»Nia? Alles in Ordnung?«, frage ich besorgt. Ich weiß schon seit einiger Zeit, dass ihre Beziehung mit dem Engländer Joshua am seidenen Faden hängt. Eine Fernbeziehung ist die reinste Hölle, ihre Worte.

»Morgen, Emma. Ja, ja, alles okay. Bin nur in Gedanken versunken.«

»Oh, verstehe. Ich hoffe, die Sache mit Josh kommt wieder in Ordnung.«

Sie lächelt traurig, drückt mich kurz und verlässt die Küche.

Ich gieße mir eine große Tasse Kaffee ein, schnuppere gierig daran, drehe mich um und wäre fast in Liam gerannt, der hinter mir steht. *Oh nein, nicht schon wieder!* Ich erinnere mich noch sehr gut an das letzte Kaffee-Disaster und einen riesigen Fleck auf Liams Hose.

»Morgen, Mister Coleman«, begrüße ich ihn trotzig. Auch wenn ich mich wütend gebe, lässt sein Anblick mich nicht kalt. Ich hoffe einfach, dass das mit der Zeit vergeht.

Seine türkisfarbenen Augen mustern mich kühl, und ein Schauer fährt mir über den Rücken. *Hat er etwas gegen mich,*

*weil ich mit Sean zusammen bin? Oder ist es Hass? Aber weswe-
gen?* Ich erinnere mich an unsere Gespräche, das erste Kennenlernen und den Beinahe-Kuss, den ich noch immer nicht vergessen kann. »*Aber ich kann nicht anders. Ich will wissen, wie es sich
anfühlt. Wie du dich anfühlst*«, hat er geflüstert, bevor er mich
fast geküsst hat. Damals war ich mir so sicher, dass mein Herz
ihm gehört, und dass er auch mich will. Doch er hat nie direkt
gesagt, dass er an mir interessiert ist. Liam war immer höflich
zurückhaltend, sodass ich zwar innerlich gehofft hatte, dass er
mich auch begehrt, aber nie die Bestätigung bekam. Diese Wand
zwischen uns wird von Woche zu Woche, seit der Weihnachtsfeier, dicker und dicker. Ich seufze niedergeschlagen. Noch immer
seinem Blick ausweichend, verlasse ich die Kaffeeküche.

Diese Peeptoes sind zwar der Traum einer jeden Frau, doch sie
tun nach zehn Stunden hartem Büroalltag auch höllisch weh.
Immer schon habe ich mich gefragt, ob die Füße der Promida-
men eigentlich taub sind, so hoch wie ihre Absätze teilweise sind.

Müde und ausgelaugt gehe ich noch schnell die Druckereitermine durch. Fast alle Kollegen sind schon nach Hause gefahren, doch wie so oft bin ich länger geblieben. Sean wartet sicher
in seiner Wohnung auf mich, aber die Arbeit geht nun mal vor,
wenn ich zeigen will, dass ich gut bin. Zumindest solange ich
keinen festen Arbeitsvertrag habe.

Ich drehe das Radio laut auf, tanze durch die Büroetage, um
meine Müdigkeit zu vertreiben, und genieße die Einsamkeit.
Sonst herrscht in diesen Räumen rege Betriebsamkeit, weshalb
es recht angenehm ist, wenn mal nicht ständig jemand an einem
vorbeihuscht.

Als mein Lieblingssong gespielt wird, kann ich nicht länger an
mich halten. Während der Kopierer vor sich hinarbeitet, schließe ich genüsslich die Augen und lasse los. Ich tanze, kreise mit

den Hüften und drehe mich. In meiner letzten Drehung öffne ich die Augen und erstarre. Fast direkt neben mir steht Liam und betrachtet mich amüsiert.

Das ist das erste Mal, dass ich ihn lächeln sehe in diesen zwei Monaten. Ich laufe rot an, will an ihm vorbeigehen, um die Arbeit wieder aufzunehmen und diese Peinlichkeit zu vergessen, bis ich ein lautes Knacken höre. Es passiert so schnell, dass ich kaum folgen kann.

Der Absatz meiner fünfzig Jahre alten Schuhe bricht ab, lässt mich taumeln und fast hart auf den Boden aufschlagen. Da spüre ich eine raue Hand an der Taille, die mich sanft auffängt. Meine Kleidung muss durch den Fall verrutscht sein, sodass ich seine Hand auf meiner Haut spüre. Dort wo er mich berührt, brennt sie wie Feuer, und mein Atem stockt. Ich liege in den starken Armen von Liam, dessen Gesichtsausdruck ich in diesem Moment einfach nicht zu deuten weiß.

Meine Gefühle hingegen fahren Achterbahn, Hitze schlägt mir in die Wangen, und die Beine werden weich. Ihm derart nah zu sein, seine Hand auf mir zu spüren lässt in mir einen Vulkan ausbrechen, der prickelnde Wellen über meine Haut sendet. *Was macht dieser Mann nur mit mir?*

Meine Atmung geht stoßweise, und ich merke erschrocken, dass mein Körper sofort auf seine Berührung reagiert. Es ist plötzlich, als hätte es die vergangenen zwei Monate der Abweisung nie gegeben. Und es fühlt sich unglaublich vertraut und richtig an, in diesen Armen zu liegen. Sein Blick wird sanfter, liebevoller, und ich glaube, ein gewisses Funkeln in seinen Augen zu erkennen. *Wieso zum Teufel macht mich dieser Mann schwach?* Ich will mich von ihm lösen, doch mein Körper gehorcht mir nicht mehr. Mein Blick hastet zwischen seinen funkelnden Augen und den leicht geöffneten Lippen hin und her. *Warum sagt er denn nichts, verdammt!?*

Liam neigt den Kopf, kommt meinem Mund so nah wie damals. Vernunft hat keinen Platz mehr in meinem Kopf. Ich bin verloren. Das Klingeln meines Handys holt mich ins Hier und Jetzt zurück. Hastig befreie ich mich aus der Haltung, die ich wohl zu lange zugelassen habe, weil ich in seinen türkisblauen Augen versunken war. Ich hole das Handy aus der Rocktasche und hebe ab, ohne auf das Display zu sehen. Ein großer Fehler.

KAPITEL 20

Emma

Seine Augen sind wie gebannt auf mich gerichtet. Sein Blick durchbohrt mich geradezu, und es fällt mir schwer, ihn zu deuten. Ich schlucke nervös und hebe ab. »Hal–«

»Emmiiiiii«, kreischt Lily so laut, dass ich die Augen vor Schmerz zusammenkneife und das Handy von meinem Ohr wegnehme. *Diese Frau schafft es beinahe, dass mir das Trommelfell platzt!*

Dann höre ich ein Schluchzen. *Weint sie etwa?* »Lily, ist alles in Ordnung?«

»Nein!« Ich höre sie tief durchatmen, als müsste sie sich beruhigen.

»Na komm, sag schon. Was ist los? Du hast mich noch nie angerufen.«

»Es geht um meine Hochzeit. Der Saal, in dem wir feiern wollten, ist leider abgebrannt, weshalb wir alles umplanen mussten. Jetzt findet die Hochzeitsfeier schon im Februar statt, nächste Woche, um genau zu sein. Es ist zwar sehr kurzfristig, aber ich versuche, alles und jeden unter einen Hut zu bekommen. Bitte, bitte! Du und Liam, ihr müsst in einer Woche kommen.«

»Liam?«, sage ich zu laut und drehe mich automatisch in seine Richtung. Er lächelt verschmitzt, als er die Panik in meinen Augen bemerkt. *Blöder Arsch! Er freut sich auch noch über mein Dilemma.*

Mist, sie denkt noch immer, dass ich mit Liam zusammen bin,

aber Zeit, um es richtigzustellen, bleibt mir nicht. »Also, Emma, ich weiß, wir hatten in letzter Zeit kein gutes Verhältnis zueinander, aber ich würde mich wirklich freuen, Liam und dich wiederzusehen. Außerdem habe ich allen unseren Verwandten von deinem Traummann erzählt und ihn im Internet gesucht und der Familie ein Bild gezeigt. Sie freuen sich sehr darauf, ihn endlich kennenzulernen. Oh verdammt! Ich komme zu spät zum Floristen. Bis dann, Emma.«

»Halt! Lily! Warte!«, schreie ich fast, doch es ist zu spät. Ich höre nur mehr das Freizeichen. *Oh nein! Was hat sie bloß angestellt?*

Alle auf der Feier werden mich mit Liam an meiner Seite erwarten. Fassungslos schüttle ich den Kopf. *Was soll ich jetzt bloß machen?* Ich kann nicht auf einmal mit Sean aufkreuzen, dann würden mich all meine Verwandten ins Kreuzverhör nehmen.

»Na, gibt's Ärger im Paradies?«, holt mich Liams tiefe, sexy Stimme aus den Grübeleien.

Ich funkle ihn wütend an. Denn so nah, wie er bei mir gestanden hat, und bei Lilys lautem Tonfall hat er sicher alles gehört. »Das war Lily.«

»Ich weiß. Ihre schrille Stimme würde ich sogar bis ins Erdgeschoss hören.« Er schmunzelt. Wie recht er doch hat. »Und was wollte sie?«

»Das weißt du ganz genau!« Ich habe einfach nicht die Nerven für seine Spielchen.

»Ich will es aber aus deinem Mund hören.«

Sein schiefes Grinsen würde ich ihm jetzt am liebsten aus dem Gesicht schlagen. Er provoziert mich absichtlich und macht mich wahnsinnig! Ich weiß jedoch, dass ich es ihm sagen muss, früher oder später.

»Die Hochzeit wurde vorverlegt. Sie findet in einer Woche statt, und Lily hat natürlich all unseren Verwandten von dir erzählt, dein Foto im Internet herausgesucht, allen gezeigt, und nun erwarten sie, dich zu sehen.«

»Ach wirklich? Hm.« Er reibt sich nachdenklich das Kinn.

»Ich kann verstehen, wenn du mich nicht begleiten möchtest, also mach dir keinen Kopf.«

Meine Wut verblasst und Verlegenheit macht sich breit, sodass ich den Blick senke. Es ist mir peinlich, ihn anzuflehen, mit mir auf die Hochzeit zu gehen. Doch wenn ich ihn nicht mitbringe, hat Lily noch einen Grund mehr, mich vor allen zu blamieren.

Ich starre auf meine roten Peeptoes, die mich in die Arme von Liam getrieben haben, und seufze schwer. Plötzlich sehe ich auf polierte, schwarze italienische Designerschuhe, die sich dicht vor mich stellen. *Emma. Komm schon, du schaffst es. Es ist nur eine Einladung zu einer Familienfeier*, sage ich mir selbst. Aber ich weiß es besser.

Vorhin in seinen Armen liegend hat mein verräterisches Herz mir deutlich gemacht, dass ich noch etwas für ihn empfinde. Auch wenn er mich die vergangenen zwei Monate ignoriert hat, kann ich ihn trotzdem nicht ganz aus meinem Kopf verbannen. Dass er mich begleitet, ist wohl das Schlimmste, was mir passieren kann.

»Emma. Sieh mich an.«

Widerwillig hebe ich den Blick und sehe ihm in seine warmen Augen. Er steht direkt vor mir, sodass ich sein Rasierwasser riechen kann. Dieser Duft vernebelt mir die Sinne, und das Atmen fällt mir schwer. Mir wird augenblicklich schwindlig, und das nur, weil er mich ansieht. Ich schüttle den Kopf. *Verdammt noch mal, ich bin mit seinem Bruder zusammen!*

Meine Gefühle fahren Achterbahn, und ich versuche, mich zu sammeln. Dann lächelt er mich zaghaft an, und ich glaube den Boden unter den Füßen zu verlieren.

»Emma. Es wäre mir eine Ehre, dich zu begleiten. Aber vielleicht solltest du vorher lieber mit Sean darüber sprechen. Immerhin ist *er* ja dein Freund.« Seine Stimme ist distanziert, und ich werde das Gefühl nicht los, dass es ihn stört, dass ich mit Sean zusammen bin.

Je länger ich darüber nachdenke, desto logischer ist es, Sean zur Hochzeit meiner Cousine mitzunehmen. »Okay, na dann, schönen Abend wünsche ich, und danke fürs Auffangen.«

»Immer wieder gern. Du weißt doch, dass ich nebenberuflich Superheld bin.« Er zwinkert mir zu. Ich verabschiede mich, freue mich innerlich, dass wir uns wie früher unterhalten haben, und humple in Richtung Feierabend.

»Hey Baby!« Kaum habe ich die Wohnung betreten, begrüßt mich Sean mit einem innigen Kuss. Mir bleibt nicht mal Zeit, meine Tasche und Schlüssel auf die Kommode neben der Tür abzulegen, denn Sean packt mich und drückt mich hart gegen die Wand. Ein süßer Schmerz macht sich bemerkbar, wird aber durch mein Stöhnen abgemildert. Sein nackter Oberkörper presst sich an mich, während er die Konturen meines Körpers mit seinen starken Händen nachfährt.

»Du siehst heute so heiß aus, dass ich dich im Büro schon haben wollte«, flüstert er mir zu. In den vergangenen Monaten haben wir uns Mühe geben müssen, nicht durch lüsterne Blicke aufzufallen. Wie oft habe ich mir gewünscht, mich öffentlich mit ihm zeigen zu können, doch derart unprofessionell bin ich nicht. Generell wird im Büro viel getratscht, da will ich ihnen nicht auch noch einen Grund auf dem Silbertablett servieren.

»Glaub mir, ich würde auch gerne deinen Schreibtisch einweihen«, sage ich zwinkernd. Sean grinst mich schief an. Mit festem Griff hält er mich noch immer zwischen sich und der Wand gefangen und beginnt von Neuem, mich zu küssen, bis mir vor Verlangen schwindlig wird.

Seine hungrigen Lippen wandern tiefer und liebkosen meine Halsbeuge, er leckt und beißt sie sanft. Augenblicklich werden meine Knie weich, und ich bleibe nur aufrecht stehen, weil er mich festhält. Mit geschlossen Augen gebe ich mich ihm hin, genieße die Küsse. Dann hält er inne. Ich öffne die Augen einen Spalt und versuche, den Grund für sein Stoppen zu erkennen.

Sean sucht mit einem neckischen Grinsen meinen Blick. Die Hand gleitet zu meiner Bluse, die er quälend langsam öffnet. Ich kaue auf der Lippe und sehne mich nach mehr, wünsche mir endlich Erlösung. Mit zittrigen Fingern taste ich nach seiner Hose, doch er lässt es nicht zu, schiebt die suchende Hand fort. Mein sexy Freund schmunzelt, als könnte er Gedanken lesen. »So ungeduldig, Baby?«

Ich nicke nur, erzittere, sehe zu, wie er mich endlich aus der Bluse schält und sie achtlos zu Boden fallen lässt. Schwer atmend stehe ich in BH und Rock vor ihm. Mit zwei Handgriffen zieht er mir den Bleistiftrock aus, hebt mich im Brautstil hoch und trägt mich in sein Schlafzimmer.

Mit einem verführerischen Lächeln legt er mich behutsam auf das Bett, dabei sieht er mir intensiv in die Augen, dass mir ganz schwindelig wird. Mein Herz rast, als ich seinen vor Lust verschleierten Blick erwidere. Er ist schön. Nie hätte ich gedacht, mit einem so göttlichen Mann zu schlafen, geschweige denn, die Seine zu sein. Unsere Lippen treffen sich erneut. Ich kralle mich in seine Schulter und wölbe ihm die Hüften entgegen. Während er seine Lippen weiter heiß und hungrig auf meine presst, lässt er die Hand zum Verschluss meines BHs gleiten. »Sag bitte.«

Ich lecke über meine trockenen Lippen. »Bitte.«

Er öffnet ihn und streift ihn bedächtig ab. Zärtlich und herausfordernd lässt er Daumen und Zeigefinger über meine Knospen kreisen, bis die Nippel sich aufrichten. Mein Stöhnen klingt in seinem stillen Schlafzimmer laut, und ich bin froh, dass mich niemand hört. Die Lust, die er in mir entfacht, drängt mich, zu handeln, und ich hinterlasse lange Kratzspuren auf seinem Rücken.

Sein Aufstöhnen vibriert an meinem Mund, der Atem ist warm und riecht nach Minze. Ich will ihn. Jetzt. Sean knabbert lustvoll an meinen Brustwarzen, bevor er sie küsst. Keuchend hole ich Luft und schließe erregt die Augen.

»Du fühlst dich so verdammt gut an, Emma«, raunt er heiser zwischen seinen Küssen.

»Bitte, Sean, ich will dich«, flüstere ich, glaube vor Lust den Verstand zu verlieren. Jeden Zentimeter meines Oberkörpers küsst er, wandert meinen Bauch entlang, umrundet den Bauchnabel. Langsam zieht er mir meinen Slip aus, beginnt dann augenblicklich, meine Oberschenkel zu küssen, bis er endlich meine heiße Mitte findet und umkreist. Mir wird immer heißer, doch plötzlich verschwindet sein warmer Mund. Ich will die Augen öffnen, lasse sie aber geschlossen, genieße es, dass er mein empfindliches Zentrum mit zwei Fingern streichelt. Ich keuche laut auf, werfe den Kopf in den Nacken und strecke ihm mein Becken entgegen.

Quälend langsam massiert er mich, küsst, leckt, und ich glaube, zu explodieren. Er erhebt sich vom Bett, sieht mich herausfordernd an und entledigt sich wie in Zeitlupe seiner Hose und Boxershorts.

Sein Blick verlässt mich nicht, als ich diesen wunderschönen Körper bestaune. Er ist durchtrainiert, straffe Muskeln zieren ihn. Breite Schultern, fester Bizeps und sehnige Unterarme. Seine Erregung ist deutlich zu sehen und lässt mir das Wasser im Mund zusammenlaufen, in Gedanken daran, was er gleich mit mir tun wird.

»Na, Baby? Gefällt dir, was du siehst?«, fragt er mich neckisch. Ich schmunzle, sage jedoch nichts. Mit einem wie ich hoffe sinnlichen Lächeln ziehe ich ihn zu mir. Sean grinst, beugt sich wieder über mich, kniet zwischen meinen Beinen und sieht mir lüstern in die Augen.

Ich schlinge die Beine um ihn, will ihn noch näher spüren, hauche ihm atemlos ins Ohr, wie verrückt er mich macht, wie sehr ich ihn will. Seine Augen sprühen vor Leidenschaft, die Hitze seines Körpers dringt in mich ein und lässt mein Herz schneller schlagen. Mit jedem Stoß treibt er mich höher und höher, lässt meinen ganzen Körper pulsieren.

Meine Mitte umkreist ihn, will ihn tiefer in mich hineinziehen. Die Lust steigt ins Unermessliche, während er mich ausfüllt und ich seinem lauten Keuchen lausche. Ich lasse ihn nicht aus den Augen, während er von meinem mit feinen Schweißperlen bedeckten Körper Besitz ergreift. Als seine Hand meine Mitte streichelt, ist es um mich geschehen. Mit einem lustvollen Schrei kralle ich mich an seine festen Oberarme und glaube zu schweben, bis letztendlich eine gewaltige Explosion mich zerspringen lässt.

Nachdem unsere Orgasmen langsam abgeebbt sind, kuschle ich mich an Sean. Mein Kopf ruht auf seiner glatt rasierten Brust, und ich lausche dem stetigen Herzschlag. Seine Fingerkuppen streicheln mir den Rücken, und ich schließe glücklich die Augen. Oft bereue ich meine zweideutigen Gedanken, die ich über Liam habe, denn Sean ist leidenschaftlich und hat sich für mich geändert.

Ich liebe seine wilde Art, und er bringt mich immer zum Lachen. Meine Gefühle für ihn sind stärker. Zumindest hoffe ich, dass es so ist. Sean hat es versprochen.

Verdammt noch mal, diese Coleman-Brüder können einen aber auch verwirren!

»Du wirkst nachdenklich, Baby. Ist alles in Ordnung?« Sean wendet sich mir zu und streicht mir zärtlich über die Wange. Ich japse nach Luft, fühle mich ertappt, und mit einem Mal bin ich heilfroh, dass Sean meine Gedanken nicht lesen kann. Dann fällt mir Lilys Hochzeit wieder ein.

»Ich frage mich, was du nächsten Samstag vorhast?«

Er seufzt. »Leider muss ich zu einer Tagung nach Aspen und komme erst am Montagvormittag zurück.«

»Oh schade. Ich wollte dich bitten, mich zur Hochzeit meiner Cousine Lily zu begleiten. Dann muss ich nicht mit Liam hingehen.« Wie so oft habe ich erst gesprochen und dann nachgedacht. *Emma und ihre große Klappe!*, rüge ich mich selbst.

»Wieso mit Liam?«

»Na ja, als Liam mich damals nach Hause brachte, stand meine Cousine vor meinem Wohnhaus und überreichte mir die Einladung. Während sie mich runtergemacht hatte, weil ich Single bin, kam Liam und stellte sich als mein Freund vor. Sie war total überrascht.« Sean schnaubt lächelnd.

»Stets der weiße Ritter. Kannst du nicht einfach sagen, dass du jetzt mit mir zusammen bist?«

»Ja, könnte ich schon, aber sie hat all meinen Verwandten von Liam erzählt und ihnen auch ein Foto gezeigt. Und ich möchte nicht allein dort aufkreuzen und Lily einen Grund mehr geben, mich zu blamieren.«

»Ist sie so schlimm?«, fragt er mit grimmigem Blick. Schließlich ist er eifersüchtig, da er von meinen Gefühlen für Liam weiß.

»Du kennst sie nicht, und glaub mir, sie nutzt jede Gelegenheit, mich bloßzustellen.« Traurig senke ich den Blick. Ich würde eine Blamage vor allen meinen Verwandten nicht überstehen.

Sean beugt sich zu mir, küsst mich auf die Stirn, hebt mein Kinn an und sieht mir tief in die Augen. Augenblicklich wird mir heiß, als seine Hand meinen Nacken entlangwanderte, er mich zu sich zieht und mich sanft küsst. Ich schließe die Augen und genieße seine Lippen auf meinen.

»Dann soll Liam dich begleiten. Ich vertraue dir und weiß, dass sich auch Liam zurückhalten wird. Er weiß, dass du zu mir gehörst.«

Was meint er mit zurückhalten? Hat er denn nicht gemerkt, dass Liam und ich kaum ein Wort miteinander wechseln? Sean lässt mich allein im Bett zurück und geht in das Badezimmer. Meine Gedanken kreisen jedoch nur mehr um die bevorstehende Hochzeit. Ich werde mit Liam zwei Tage in Texas verbringen und meiner Familie vorgaukeln, dass ihm mein Herz gehört. Ich habe das ungute Gefühl, als würde mir das nicht allzu schwer fallen.

KAPITEL 21

Emma

Die Woche ist wie im Flug vergangen. Sean hat hin und wieder einmal fallen lassen, dass ihm lieber wäre, selbst mit mir zur Hochzeit gehen zu können, aber er schien sich schließlich damit abgefunden zu haben. Da mein Freund einen Tag früher zu einer Tagung abreiste, kam Liam mich gestern abholen, um gemeinsam zum Flughafen zu fahren. Nachdem wir spät abends das Zimmer bezogen hatten, gingen wir auch direkt schlafen, um für den folgenden Tag fit zu sein.

Heute Morgen machen wir uns nach einem stillen Frühstück fertig für die Hochzeit. Als ich in einem knielangen Traumkleid in zartrosa, das schulterfrei und aus seidigem Stoff ist, vor ihm stehe, kann ich zwar sehen, dass Liam laut nach Luft schnappt, doch außer einem kurzen »Du siehst nett aus« hält er sich zurück. Und es ist wieder, wie es die ganzen zwei Monate zuvor war. Still.

Die Hochzeit findet im Garten des Country Clubs *Austin's Garden* statt. Während wir die Rasenfläche betreten, auf der sich bereits viele Gäste tummeln, kreischt meine Mutter euphorisch, sobald sie mich entdeckt, und schließt mich in die Arme. »Oh Emma, mein Schatz!«

Ich atme ihren Duft tief ein, und die flatternden Nerven beruhigen sich langsam. Immerhin muss ich heute die ganze Familie belügen. In dieser Situation klingt lügen jedoch besser, als vor allen als Loserin dazustehen, die als Einzige ohne Begleitung erscheint.

Mom schiebt mich sanft von sich und mustert mich von oben bis unten. »Kind, du hast ja abgenommen!«, schimpft sie und zieht die Brauen zusammen.

»Ach Mom, das ist nicht der Rede wert, ehrlich. Ich habe mich im Fitnessstudio angemeldet«, lüge ich. Dass es an dem gigantischen Sex mit Sean liegt, muss ich ihr ja nicht auf die Nase binden. Sie akzeptiert die Antwort und wendet sich meinem Begleiter zu. Wir haben immer noch kaum ein Wort miteinander gewechselt.

Ich beobachte, wie meiner Mutter der Mund offen stehen bleibt, während sie Liam von Kopf bis Fuß mustert. Sie schnappt hörbar nach Luft und hebt die Brauen. *Oh Mann, geht's nicht noch auffälliger?*

»Wow, Emma. Dein Freund sieht in natura noch besser aus als auf den Fotos!« Sie reicht Liam die Hand, die er sofort, höflich wie er ist, ergreift.

»Danke, Mrs Reed. Es freut mich, Sie kennenzulernen. Sie sehen wunderschön aus.«

Mom hängt geradezu an Liams Lippen, während sie sich unterhalten, und merkt nicht einmal, dass sich Dad zu uns gesellt hat. Wie ich schon erwartet habe, sind alle begeistert von meinem »Freund«.

Die Hochzeitsplanerin begrüßt uns herzlich und führt uns nach hinten, wo alles für die Trauung vorbereitet ist. Ein weißer, mit Blumen geschmückter Hochzeitsbogen steht vor dem wunderschönen Teich. Sämtliche Stühle, die in Reihen davor stehen, sind mit Schleifen und Blumen dekoriert. Obwohl es Mitte Februar ist, sind die Temperaturen frühlingshaft, sodass Lily anstatt im Saal im Freien heiratet.

Liam und ich nehmen in der ersten Reihe Platz, sehr darauf erpicht, uns nicht in die Augen zu sehen. Mein Blick ruht auf dem Bräutigam, der sich nervös umsieht und seine Hände reibt. Nach einer gefühlten Ewigkeit ertönt der *Hochzeitsmarsch* von Richard Wagner, und Lily betritt den prächtig geschmückten Garten.

Mein Atem stockt, und ich bin überwältigt, wie schön sie aussieht. Ihre sonst freizügige und knallige Kleidung ist verschwunden, und sie trägt ein weißes, schlichtes, mit Spitze besetztes, schulterfreies Hochzeitskleid im Meerjungfrauenstil. Sie sieht wunderschön aus mit dem hochgesteckten, blonden Haar, und ich kann von hier aus sehen, wie sie neben ihrem Vater, der sie zum Altar führt, zittert. Der Bräutigam ist überwältigt von seiner Braut, und ihm kullern die Tränen über die Wange.

Die Hochzeitszeremonie ist sehr romantisch, gefühlvoll, und ich kann die tiefe Liebe zwischen Lily und ihrem Verlobten Clark sehen. Mit einem Mal wird die Sehnsucht nach Sean immer größer. Die Art, wie sie sich ansehen und glücklich anlächeln, macht mich auch ein klein wenig neidisch. Die Ehegelübde werden vorgetragen, und ich kann ein paar Tränen nicht mehr unterdrücken. Sie laufen, ohne dass ich etwas dagegen tun kann, meine Wangen hinunter. Ich versuche mit den Fingern, mein Make-up zu retten, und verfluche mich selbst, weil ich nicht an Taschentücher gedacht habe.

Plötzlich hält mir jemand ein Stofftaschentuch vors Gesicht. Überrascht drehe ich den Kopf. Liam lächelt mich an, und ich grinse verlegen zurück. Es ist mir peinlich, dass er mich weinen sieht, deshalb ergreife ich das Tuch und trockne sofort meine Tränen.

Obwohl ich Lily nicht ausstehen kann, muss ich zugeben, dass sie eine wundervolle Hochzeit organisiert hat. Das Essen, die Musik, das Flair, die Dekoration – alles harmoniert miteinander.

Der Saal ist in Creme und Blassrosa gehalten, und überall stehen weiße Lilien. Links neben der Bühne, wo sich die Band gerade einstimmt, wartet ein üppiges Buffet und die dreistöckige Hochzeitstorte.

Liam und ich sitzen auf Sesseln mit cremefarbenen Hussen an einem runden Tisch mit weißen Damasttüchern. Die Dekoration besteht aus blassrosa Blumengestecken und Schleifen. Als unsere Tischnachbarn hat Lily neben meinen Eltern auch Tante und Onkel platziert sowie eine Nachbarin mit ihrem Freund. *Gott sei Dank nicht der Losertisch!*

»Emma, Schatz. Ist alles in Ordnung?«, fragt mich meine Mutter, während ich dem glücklichen Paar still beim Hochzeitstanz zusehe.

»Ja, klar. Wieso fragst du?«

»Na, Liam und du, ihr verhaltet euch, als ob ihr Fremde wärt und nicht frisch verliebt.«

Ich schlucke nervös und sehe auf Liam, der gerade an seinem Drink nippt und ebenfalls auf die Tanzfläche sieht. Alle anderen Sitznachbarn sind in das Geschehen auf der Tanzfläche vertieft.

»Mom, es ist mir peinlich, vor allen hier rumzumachen! Was erwartest du bitte?«

»Schätzchen, ich meine ja nur. Lily hat mir erzählt, wie verknallt du ausgesehen hast bei eurem ersten Treffen. Deine Augen hätten dieses gewisse Funkeln gehabt. Dasselbe, das auch sie hatte bei der ersten Begegnung mit Clark.«

Ein Husten neben mir lässt mich aufschrecken. Liam hat sich offensichtlich am Drink verschluckt und giert verzweifelt nach Luft. Ich haue ihm auf den Rücken, und mit der Zeit wird sein Hustenanfall schwächer. Meine Hand ruht auf seinem Rücken: »Alles okay?«

Er nickt nur und lächelt mich unsicher an. Sieht mir dabei so tief in die Augen, dass ich die Luft anhalte. Seine Augen huschen über mein Gesicht, als würden sie etwas darin suchen, und in meinem Bauch veranstalten Millionen Schmetterlinge eine Love Parade. Ich bin gefangen in diesem Blick und ertappe mich dabei, wie ich zärtlich über seinen Rücken streichle, während ich ihn anlächle.

»Das meine ich!«, höre ich die schrille Stimme meiner Mutter, und wir beide fahren erschrocken auseinander.

»Was?«, krächze ich.

»Dieses Funkeln in deinen Augen, wenn du Liam ansiehst! Das hat Lily beschrieben, und jetzt kann ich es sehen.« Sie atmet auf. »Jetzt weiß ich, dass alles gut ist.«

Ich senke verlegen den Kopf. Bevor ich jedoch weiter nachdenken kann, was zur Hölle meine Mutter da wieder redet, greift Liam nach meiner Hand.

»Hast du Lust zu tanzen?«, fragt er heiser.

Ja, lass uns dieser merkwürdigen Situation mit meiner Mutter entfliehen, bitte!

Ich nicke dankbar, lasse meine Finger in seine Handfläche gleiten, und er umschließt sie vorsichtig. Liam führt mich auf die Tanzfläche, ich folge mit klopfendem Herzen. Mitten auf dem Parkett dreht er mich langsam herum und zieht mich an sich. Überrascht halte ich die Luft an, fühle, wie mein Körper augenblicklich auf ihn reagiert. Er legt seine Hand an meine Taille und wiegt uns hin und her. Plötzlich greift er zärtlich nach meinen Armen und legt sie sich um den Hals. Ich schlucke nervös und lächle schüchtern. Irgendwie habe ich nicht damit gerechnet, dass er mich wirklich zum Tanz auffordern wird. Bei der Distanz in den vergangenen Wochen.

Aufgewühlt sehe ich mich um und muss feststellen, dass alle Augen auf uns gerichtet sind, da sich das Brautpaar mittlerweile gesetzt hat. Ich hasse es, im Mittelpunkt zu stehen, und noch dazu in den Armen meines Bosses, der noch dazu der Bruder meines Freundes ist. Sean würde ausflippen, wenn er uns sähe.

»Emma«, spricht er mich zum ersten Mal seit Stunden direkt an und lenkt meine Aufmerksamkeit damit auf ihn.

Darauf bin ich absolut nicht vorbereitet! Meine Zunge klebt mir am Gaumen fest, und auch wenn ich wollte, würde ich kein Wort herausbringen. Ich stolpere unbeholfen über meine eigenen Füße, aber Liam hält mich, sodass es wohl keinem auffällt. Und alles, was mir im Kopf herumschwirrt, ist diese eine Frage: *Wieso zum Teufel hört sich mein Name aus seinem Mund nur an wie ein Gedicht?*

»Ja?«, flüstere ich schließlich kaum hörbar.

»Deine Familie wird langsam misstrauisch, weil wir so distanziert sind. Ich weiß, du bist mit Sean zusammen. Aber wenn wir wollen, dass das glaubhaft rüberkommt, müssen wir uns schon wie ein Paar benehmen. Okay?«

Ich nicke. Wir sind viel zu weit gereist, um jetzt alles auffliegen zu lassen. »Du hast ja recht. Es ist nur so … anders. *Du* bist anders.« Mein Mut erstaunt mich.

»Es hat sich einfach viel getan, seit du in unsere Agentur gekommen bist. Meine Tochter vergöttert dich, mein Bruder liebt dich aus vollem Herzen und sogar mein Vater ist von dir angetan.«

Ich lächle in mich hinein. *Er hat ja recht!* Es ist viel passiert seit diesem One-Night-Stand mit Sean und dem Autounfall mit Liam.

»Warum lachst du?«

»Ich hätte einfach nie gedacht, dass mein Leben noch chaotischer werden könnte, als es ohnehin schon war.« Ich kann mir ein Grinsen nicht verkneifen, wenn ich zurückdenke. »Mein unbekannter One-Night-Stand entpuppt sich als mein Boss, und unser Autounfall …«

»Was meinst du mit *unbekannter* One-Night-Stand?!«, platzt Liam heraus und sieht mich fast schon entgeistert an.

»Na ja, ich habe mit Sean geschlafen, bevor ich gewusst habe, dass er ein Coleman und damit mein zukünftiger Boss ist.«

Seine Augen weiten sich, und er wirkt irgendwie erleichtert. Weswegen, ist mir allerdings ein Rätsel.

»Oh Gott, Emma! Das wusste ich nicht, ich dachte, du …« Er spricht nicht weiter.

»Was dachtest du?«

Liam schüttelt den Kopf, ich solle das vergessen, streicht mir übers Haar und sieht mir tief in die Augen. Ich wünschte, er würde mir einfach sagen, was er denkt. Die Musik wird langsamer, sinnlicher, und er drückt mich noch enger an sich. Sein unverwechselbarer Duft steigt mir in die Nase und lässt mein Herz höher schlagen. Ich senke verlegen den Blick, fühle die brennende Hitze in den Wangen. *Emma, du wolltest das alles, also halt dich ran!*, rügt mich mein Unterbewusstsein. Ich nicke mir selbst zu, wir müssen schließlich das verliebte Pärchen spielen, und lege den Kopf an seine Brust. Sein Herz hämmert wie wild gegen mein Ohr. Einen Moment macht es mich stutzig, dass es so schnell schlägt wie mein eigenes.

Ich schmiege mich an ihn, lasse mich von dem Song leiten und fühle mich zum ersten Mal seit unserer Ankunft wohl und geborgen. Seine Hand wandert von meiner Taille zu der Aussparung des Kleides auf meinen nackten Rücken. Seine Fingerkuppen zeichnen lange Kreise auf meiner Haut, sodass ein wohliger Schauer sich auf meinem Körper ausbreitet.

Während wir eng umschlungen tanzen, verblasst alles um uns herum. Es gibt nur ihn und mich. Seinen muskulösen Körper zu spüren, diesen herrlichen Geruch einzuatmen lässt mich alles Negative vergessen. Nach einer gefühlten Ewigkeit hebe ich den Blick und sehe einen völlig anderen Liam. Seine Augen sind warm und liebevoll, und all der Argwohn ist auf einmal verschwunden. Mein Puls rast, denn ich erkenne diesen Blick wieder, es ist derselbe wie damals, als er mich fast geküsst hat. Er nähert sich lächelnd meinem Gesicht, Stück für Stück, und ich glaube, gleich zu hyperventilieren.

Liam ist mir so nah wie schon lange nicht mehr, streicht mir über die Wangen. Ein Prickeln erfasst meine Haut, geht über in heißes Verlangen nach diesem Mann. Ich drehe meinen Kopf, und Begehren durchströmt mich wie elektrische Stromschläge. Sein Mund ist mir so nahe, dass ich seinen Pfefferminz-Atem auf den Lippen spüren kann.

Küss mich, flehen meine Augen ihn an. In meinem Kopf wiederhole ich immer wieder, wie er sagte, dass er wissen wolle, wie ich mich anfühle. Lange bin ich vor diesen Gefühlen davongerannt, habe mir etwas vorgemacht, doch jetzt sind sie stärker denn je, übermannen mich. Ich muss ihn spüren, seine Lippen auf meinen, oder ich verliere den Verstand! In freudiger Erwartung schließe ich die Augen und glaube, vor Verlangen zu sterben.

Doch nichts passiert. Auch nach ein paar Augenblicken werde ich nicht geküsst, also hebe ich die Lider und sehe in Liams veränderten Gesichtsausdruck. Sein Blick ist starr, er sieht durch mich hindurch. Diese plötzlich aufkommende Distanz und Kühle erschreckt mich dermaßen, dass ich zurückweiche. Er löst sich von mir, versucht, meinen Augen nicht zu begegnen.

»Ich denke, wir sollten uns langsam verabschieden. Morgen früh geht unser Flug.«

Ich nicke nur und folge ihm zum Brautpaar. *Was ist bloß passiert?*

Seit unserem Tanz herrscht wieder eisige Stille, die ich mich nicht traue zu durchbrechen. Der nächste Tag und der Flug waren, als würde ich mit einem völlig Fremden reisen. Da ist erneut eine dicke Wand zwischen uns, die seit der Weihnachtsfeier besteht. Und dabei dachte ich, endlich einen Blick hinter diese Mauer werfen zu können.

Ich sehe ihm dabei zu, wie er mir die Koffer aus dem Taxi in meine Wohnung trägt, und verabschiede mich kleinlaut. Er antwortet nicht, sieht mich nur lange und durchdringend an. Zuerst vermute ich, er will etwas sagen, da dreht er sich um und verschwindet im Flur.

Den Tränen nahe mache ich die Tür zu, lehne mich mit dem Rücken dagegen, gleite erschöpft zu Boden und schließe gequält die Augen. *Wieso nur muss ausgerechnet ich zwei Männer gleichzeitig lieben?*

Ich habe mir das alles nicht ausgesucht, kann nichts für diese Gefühle. Aber sie lassen sich nicht länger unterdrücken. Mir ist bewusst, dass ich mit Sean zusammen bin und mein Verhalten nicht fair ist. Doch ich kann nichts für meine Gefühle. Wieder bin ich in derselben Zwickmühle gefangen, weiß weder ein noch aus. Ich liebe meine beiden Bosse, mein Herz will sich einfach nicht entscheiden. Und auch wenn Sean mir versprochen hat, er würde der Einzige für mich sein – ist er es nicht.

Was mache ich denn jetzt?

Die ersten Tränen fließen, und ich beginne zu schluchzen. Plötzlich höre ich ein lautes Klopfen an der Wohnungstür. Ich starre auf den Knauf über meinem Kopf, und mir bleibt das Herz augenblicklich stehen.

KAPITEL 22

Liam

Wie konnte ich es nur so weit kommen lassen?

Ich habe Emma fast geküsst, obwohl ich genau weiß, dass sie mit meinem Bruder zusammen ist. Sie in den Armen zu halten, ihr nah zu sein, ließ mir eines klar werden. Schon seit ich sie zum ersten Mal gesehen habe und sie mich als Arsch bezeichnet hat, liebe ich sie.

Damals lernte ich sie kennen, habe ihre Macken, ihr Wesen und ihr Lachen gesehen, und da war für mich bereits klar, dass ich diese Frau haben muss. Nie war ich in solch ein Gefühlschaos gestoßen worden wie jetzt. Mit Diane war alles einfach gewesen.

Wir lernten uns in der Highschool kennen, verliebten uns, heirateten und bekamen kurz darauf Ava. Doch so rein meine Gefühle für Diane waren, ihre Liebe zu mir verschwand mit der Zeit. Ich war geblendet, wollte nicht sehen, dass sie sich distanzierte. An jenen Tag zurückzudenken, als ich sie in unserem Bett mit meinem besten Freund erwischte, versetzt mir einen Stich ins Herz, der mich immer noch fast in die Knie zwingt. Damals wollte ich unsere Ehe retten, habe mir frei genommen, um sie zu einem romantischen Spa-Wochenende zu entführen. So weit sollte es nie kommen.

Als wäre der Betrug von zwei Menschen, die ich weiß Gott liebte, nicht schlimm genug, hat meine kleine Tochter nebenan im Kinderzimmer geschlafen. Diane entschuldigte sich, flehte mich an, ihr zu verzeihen, aber dafür war es zu spät. Ich war ein gebrochener Mann, der lange jegliches Gefühl verloren hatte. Sean warnte mich damals, er ahnte ihr Doppelleben. Ich war einfach zu naiv, ihm Glauben zu schenken.

Und jetzt, wo ich nach zwei Jahren endlich Gefühle zugelassen habe, ist die Frau, die ich liebe, unerreichbar für mich. Seitich mich erinnern kann, musste ich Sean aus der Scheiße holen, weil er sich mit seinem vorlauten Mundwerk Ärger einhandelte, aber trotz allem halten wir zusammen wie Pech und Schwefel.

Waren wir früher schon unzertrennlich, schweißte uns Moms Tod noch enger zusammen. Ich war gerade mal sechzehn, als sie die Diagnose bekam. Von da an war nichts mehr, wie es einmal gewesen ist. Unserer Mutter ging es von Tag zu Tag schlechter, der Tumor war bereits im fortgeschrittenen Stadium. Kurz bevor sie starb, hörte unser Vater auf, sie zu betrügen. Meine Mutter wusste immer von seinen Affären, blieb aber trotzdem bei ihm. »Aus Liebe«, sagte sie damals, doch für mich war es unverständlich.

Ihr wunderschönes Gesicht wurde fahl und blass. Man sah ihr das Ausmaß der Krankheit an. Claire Coleman hatte stets versucht, ihre Angst und Qualen zu verstecken, nur kannten wir sie zu gut, um zu wissen, dass es nicht gut um sie stand. Je stärker die Liebe zu ihr war, desto schlechter wurde unser Verhältnis zu unserem Vater. Wir hassten ihn für all das Leid, das er über sie gebracht hatte, tun es vielleicht noch immer.

Mir war schleierhaft, weshalb Menschen betrogen. *Kann man sich nicht einfach von seinem Partner trennen und dann erst Sex haben?*

Vaters Affären und der daraus resultierende Schmerz unserer Mutter hatten Sean und mich geprägt. Während ich Diane ehrte und ihr all die Liebe und Aufmerksamkeit schenkte, die eine Frau verdiente, ließ Sean keinerlei Gefühle zu. Er wollte niemals eine Frau nah an sich heranlassen, um sie niemals so sehr verletzen zu können wie unser Vater damals unsere Mutter.

Und nun hat er sie gefunden, die Frau, die seine harte Schale geknackt hat. *Emma.* Die wohl schönste und natürlichste Frau, der ich je begegnet bin … ihr wallendes, braunes Haar, das sich sanft an ihren kurvigen Oberkörper schmiegt … ihre vollen, kirschroten Lippen, an die ich nicht aufhören kann zu denken, seit ich gestern mit ihr getanzt habe …

Ich war stolz auf mich, dass ich es schaffte, auf Abstand zu gehen. Wir sprachen kaum ein Wort, aber meine Gedanken kreisten die ganze Zeit nur um sie. Und als ich Emma in diesem schulterfreien Hauch von Rosa sah, blieb mir das Herz stehen. Ihre Schönheit brachte mich aus dem Konzept, ich fing mich jedoch schnell wieder. Ich musste Distanz wahren, denn je näher ich ihr kam, desto stärker war das Verlangen, sie zu berühren, zu küssen und nie wieder gehen zu lassen.

Die Tatsache, dass sie mit Sean vor Firmeneintritt geschlafen hatte, ließ mich vor Erleichterung fast schweben. Es kam mir vor, als flehten mich ihre Augen während unseres engen Tanzes an, sie zu küssen, und ich stand auch kurz davor, die mühsam aufgebaute Fassade augenblicklich fallen zu lassen und diesem Verlangen nachzugeben. Bevor ich jedoch Erlösung fand, drängte sich Sean in meine Gedanken. Alle Alarmglocken schrillten, ich musste ihr fernbleiben, und das tat ich auch.

Sie sah enttäuscht aus, dass ich sie nicht geküsst hatte – und das konnte ich mir nicht erklären, liebte sie doch Sean und nicht mich. Stille zog auf, verharrte über unseren Köpfen wie eine drohende Gewitterwolke, und nun stehe ich hier vor ihrer Haustür und fechte einen inneren Kampf mit mir aus.

Der Gedanke, Emma könnte wirklich die Meine sein, lässt mich schmunzeln, denn ich will diese Frau. Und wäre Sean mir nicht zuvorgekommen, nur weil Vater mich nach China geschickt hatte anstatt ihn, müsste ich mich für diese Gefühle nicht ständig rechtfertigen.

Weiß sie überhaupt, dass ich sie begehre wie keine andere vor ihr? Würde sie sich für mich entscheiden, wenn sie wüsste, dass sie die Wahl hat? Sie muss es wissen, und ich muss es wissen. Ich will mit ihr zusammen sein.

Mein Puls rast, jede Vernunft weicht, und ich hämmere schon fast an ihre Wohnungstür. Jede Sekunde, die verstreicht, kommt mir wie eine Ewigkeit vor. Meine Nerven sind zum Zerreißen gespannt, und ich atme schwer.

Die Tür öffnet sich, und mir bleibt das Herz stehen. Ihre Augen sind feucht, als hätte sie geweint, ihre Haare verworren und trotzdem ist sie noch immer wunderschön. »Liam?«, haucht sie.

Verdammt, weiß sie denn nicht, wie höllisch sexy ihre Stimme klingt, mich um den Verstand bringt?

Entschlossen gehe ich einen Schritt auf sie zu, sie weicht vor mir zurück hinein in ihre Wohnung, hält den Atem an. »Emma, hör zu. Ich weiß, dieses Wochenende war eine Achterbahn der Gefühle für uns beide, aber ich kann … nein, ich will und werde nicht gehen, bevor ich dir die Wahrheit gesagt habe.« Ich schließe die Augen und bete zu Gott, mir Kraft für den nächsten Schritt zu schenken.

»Liam, nicht!« Ich öffne die Augen und sehe fassungslos, wie Emma abwehrend die Hände hebt. »Ich leugne nicht, dass ich Gefühle für dich habe, aber ich bin doch mit Sean zusammen. Auch wenn ich am liebsten die Zeit zurückdrehen möchte, es ist … wie es ist. Bitte.«

Ihre Worte fühlen sich an wie ein Faustschlag mitten ins Gesicht, und ich bin versucht, mich abrupt zurückzuziehen. Doch mein Kampfgeist und meine Liebe sind stärker als mein Stolz. Sie sieht mir verzweifelt in die Augen, wirkt innerlich zerrissen.

Sie will die Zeit zurückdrehen? Aber es ist doch noch nicht zu spät!

Eine Träne kullert über ihre gerötete Wange und gibt mir den Rest. »Emma … verdammt, ich liebe dich!« Ich umschließe mit beiden Händen ihr wunderschönes Gesicht und lege meine Lippen auf ihre.

Dieser Kuss ist besser, als ich es mir je erträumt habe. Ich drücke sie fest an mich, um mich zu vergewissern, dass dies kein Traum ist. Ihre Lippen schmecken süß, sind sanft wie ihre Haut. Ihr Widerstand bricht, und sie schlingt die Arme um meinen Nacken. Jede einzelne Berührung unserer Lippen wirft ein Echo durch meinen Körper, das mich erschaudern lässt.

»Liam«, flüstert sie zwischen unseren Küssen, die an Leidenschaft gewinnen. Dieses Verlangen nach Emma erlischt einfach nicht. Jetzt, wo ich sie endlich in den Armen halte, wird es immer stärker, die Zurückhaltung schwindet mit jedem Atemzug.

Meine Hände gleiten ihre Oberarme entlang zu ihren wohlgeformten Hüften. Ihren weichen Körper unter den Fingern zu fühlen schürt meine Sehnsucht, sie ganz zu spüren. Meine Lippen streichen sanft ihre Wangen, gleiten zu ihrer Halsbeuge, und ich lausche ihrem schnellen Atem, genieße jede Sekunde, die sie mir allein gehört. In dieser Euphorie bleibt keine Zeit mehr, Reue zu empfinden.

KAPITEL 23

Liam

Emma zu küssen ist eine Offenbarung, als würde ich zum ersten Mal eine Frau küssen und berühren. *Wie kann man so weiche Lippen haben und derart süß schmecken?* Sanft lasse ich meine Zunge über ihren Mund gleiten, sie öffnet ihn augenblicklich, umschließt sie mit ihrer.

Ich will in ihr versinken, sie spüren, Haut an Haut. Mit jedem Schlag meines Herzens will ich sie mehr. Jetzt und hier. Küssend umfasse ich ihre Wangen, streichle ihre zarte Haut mit den Daumen und lächle in den Kuss hinein. All meine Sehnsüchte scheinen endlich wahr zu werden, und ich darf endlich wissen, wie es ist, ihre Lippen auf meinen zu spüren. Plötzlich versteift sich Emma und japst nach Luft.

Überrascht ziehe ich mich zurück und starre in ihre halb geschlossenen Augen. Sie löst sich von mir, und ich kann Panik in ihrem Blick erkennen. Mir ist ihre Reaktion schleierhaft, denn ich kann immer noch das süße Feuer ihrer Lippen schmecken. Und ich schmecke auch noch etwas Anderes. Etwas Salziges. Tränen.

Ich war betäubt von unserem Kuss, so versunken in diesen Moment, dass ich nicht mal gemerkt habe, dass Emma stumm weint. »Emma? Was ist denn los? Wieso weinst du?«

Ein schlechtes Gewissen macht sich in mir breit, dass ich sie vielleicht überrumpelt und ihr diesen Kuss aufgezwungen habe, doch sie hat ihn doch erwidert. *Warum weint sie dann?*

Emma schließt gequält die Augen und schüttelt den Kopf. »Liam, wir dürfen das nicht tun. Ich bin in Sean verliebt und mit ihm zusammen. Das wäre ihm gegenüber nicht fair.«

Ihre Worte schmerzen wie Feuer, und mir zieht sich der Magen zusammen. Sie hat recht, aber ich will nicht nachgeben. Ich gehe einen Schritt auf sie zu, doch sie weicht erschrocken zurück. Ich hebe die Hände. »Emma, ich weiß, du bist mit Sean zusammen. Aber für wen empfindest du mehr?

»Ich liebe dich *und* deinen Bruder.«

Ich schlucke schwer. *Sie liebt uns beide?*

»Hör zu. Ich weiß, dass dieser Kuss falsch war. Aber ich will dich küssen, seitdem du mich ›Arsch‹ genannt hast. Du bist die tollpatschigste, liebevollste Frau, die mir je begegnet ist. Ich möchte mit dir zusammen sein!«

»Oh mein Gott!«, sagt sie seufzend, und ich sehe, wie sie mit sich ringt und pure Verzweiflung ihren makellosen Körper beherrscht. Sie schließt die Augen, atmet schwer und unregelmäßig. Ihre Lider öffnen sich, und ich sehe eiserne Entschlossenheit darin. »Liam. Ich möchte bitte, dass du gehst. Ich weiß nicht, was ich will, und vor allem nicht, wen ich will. Gib mir Zeit, das alles zu verdauen.«

So stark sie sich jetzt auch gibt, ihre Stimme ist nur ein Flüstern. Ich nicke wortlos, sehe sie mit großen, vertrauensvollen Augen an, laufe einen Schritt auf sie zu und hauche ihr einen sanften Kuss auf die Wange.

Ich mache Anstalten zu gehen, doch als ich im Türrahmen stehe, drehe ich mich noch mal zu ihr um. Sie wirkt auf mich, als würde sie direkt zusammenbrechen, und das Verlangen, sie tröstend in die Arme zu ziehen, ist übermächtig. »Gute Nacht, Emma. Es tut mir leid, falls ich dich überrumpelt habe, aber du musstest die Wahrheit erfahren. Und wer weiß, vielleicht hilft es dir, eine Entscheidung zu treffen.«

Nachdenklich fahre ich stundenlang quer durch New York. Die Straßen sind verlassen, nur ein paar Taxis sind noch unterwegs. Ein Ziel vor Augen habe ich nicht. *Wohin sollte ich auch gehen?* Zu Hause wartet schon lange niemand mehr auf mich, und so sehr ich es verdrängen will, ich bin einsam. Diane hat tiefe Narben hinterlassen, die es mir fast unmöglich gemacht haben, mich wieder zu öffnen. Und doch ist es passiert, ich habe mich verliebt.

Meine Lippen kribbeln noch immer von diesem leidenschaftlichen Kuss. Sogar ihr Parfüm rieche ich noch an mir. Ein Seufzen entfährt mir. *Wieso nur muss alles so kompliziert sein?*

Ohne es geplant zu haben, halte ich vor Seans Wohnung. Nachdenklich schaue ich auf das Penthouse, das Sean bewohnt, und sehe Licht. Er muss schon aus Aspen zurück sein.

Der Kuss kommt mir wieder in den Sinn, und ich seufze laut auf. Emma und ich passen gut zusammen, haben viele Gemeinsamkeiten, mögen dieselben Filme, Bands, Bücher und lieben es ordentlich. Sean hingegen ist das personifizierte Chaos auf zwei Beinen. Sein Bürotisch quillt fast über vor Unterlagen, er kann teilweise nicht still sitzen und ist ständig unterwegs. Meiner Meinung nach passt Emma gar nicht in sein Beuteschema. Sean konnte sie schon immer alle haben. Die Frauen sind ihm regelrecht verfallen. Insgeheim beneide ich ihn um diese Wirkung.

Doch nun geht es um Emma, und ich will sie ihm nicht kampflos überlassen. Ich ziehe den Schlüssel aus dem Zündschloss, steige aus und mache mich auf den Weg in das Gebäude.

»Liam? Was zum Teufel machst du denn so früh hier?« Sean begrüßt mich mit nassen Haaren und einem Handtuch um die Hüften. Sein Körperbau ist fest, jedoch nicht muskulös. Ich hingegen bin viel im Fitnessstudio. Training ist mein Ersatz für Sex.

»Willst du nicht reinkommen?«, fragt er nun mit gerunzelter

Stirn, ich nicke und trete ein. Wie erwartet ist seine Wohnung ein Chaos. Überall Akten, Koffer, Klamotten. Ich schmunzle, mein Bruder wird sich wohl nie ändern. Sean lässt die Tür ins Schloss fallen und wendet sich wieder mir zu. »Nun, big brother. Wie komme ich zu der Ehre deines Besuchs?« Ein breites Grinsen ziert sein Gesicht, als er sich ein zweites Handtuch schnappt und seine Haare trocknet.

»Ich muss mit dir reden, es ist dringend.«

»Okay, warte nur kurz. Ich geh mich schnell anziehen, dann können wir gemeinsam ins Büro fahren, wenn du willst. Ich muss dir sowieso von den Idioten auf dem Kongress erzählen.«

Ohne auf eine Antwort meinerseits zu warten, lässt er mich in seiner Wohnküche stehen und verschwindet ins Badezimmer. Kopfschüttelnd sehe ich mich um. Es ist eine Weile her, dass ich hier war. Im Großen und Ganzen hat sich nicht viel verändert. Die Wohnung ist hypermodern eingerichtet. Alles in Weiß und Schwarz gehalten – nun das, was man von der Einrichtung sehen kann. Denn so chaotisch wie er ist, hängen überall Klamotten und Akten rum.

Ich nähere mich dem Kaminsims, sehe auf ein Foto im silbernen Fotorahmen, das sofort meine vollste Aufmerksamkeit genießt. Je näher ich komme, desto schwerer wird mein Herz. Es ist ein Bild von Sean und Emma, die sich verliebt ansehen. Mein Magen krampft sich zusammen.

Wieder einmal bin ich neidisch auf Sean, denn ihm gehört die Frau, die ich liebe. Wie ihre braunen Augen leuchten, wenn sie ihn ansieht. Ich wünschte, sie würde mich auf diese Weise anschauen, und dass ich der Mann an ihrer Seite wäre. Ich bin derart vertieft in diese trüben Gedanken, dass ich nicht einmal mitbekomme, dass Sean die ganze Zeit mit mir spricht.

»Liam? Hörst du mir überhaupt zu?«, höre ich ihn hinter mir lachen. Er sieht auf das Foto in meiner Hand, und plötzlich ist jegliche Unbeschwertheit aus seinem Blick verschwunden. »Was ist los, Liam? Wieso kommst du um sechs Uhr früh zu mir? Was ist so wichtig, dass es nicht bis später im Büro warten kann?«

»Es geht um Emma!«, platzt es aus mir heraus, und ich beobachte, wie er die Arme vor der Brust verschränkt.

»Das dachte ich mir schon«, sagt er kalt und mahlt mit dem Kiefer.

Überrascht sehe ich ihn an. »Ach ja?«

»Ja! Ich sehe doch, wie du sie anschmachtest, seit sie in unserer Agentur angefangen hat.«

Ich schüttle vehement den Kopf, denn das ist gelogen. Ich bin sogar die vergangenen zwei Monate auf Abstand gegangen, damit ich nicht schwach in ihrer Nähe werde. »Das stimmt doch gar nicht.«

»Ach nein? Willst du mir etwa sagen, dass du meiner Freundin nicht an die Wäsche willst?« Seine Stimme ist laut und wütend. Seans Temperament droht überzuschäumen.

»Nein, ich will sie nicht nur auf diese Weise. Ich bin in sie verliebt.«

Gespannt sehe ich auf meinen Bruder, der das Gesagte gerade auf sich wirken lässt. Dann höre ich, wie er laut zu lachen beginnt und den Kopf in den Nacken legt. Wut keimt in mir auf. *Lacht er mich etwa aus?* »Liam, Alter. Du weißt doch sehr wohl, dass sie mit mir zusammen ist und du keine Chance bei ihr hast.«

Seine Arroganz lässt mein Blut kochen. »Oh ja. Ich *weiß*, dass ich gute Chancen bei ihr habe«, sage ich sarkastisch und grinse.

Sein Lachen verstummt. »Wie meinst du das?«

»Ist nicht wichtig, Brüderchen. Ich wollte dich nur warnen.«

Er kommt einen Schritt auf mich zu und tippt sich mit dem Zeigefinger auf die Brust. »Mich? Warnen? Wovor?«

»Davor, dass ich sie dir nicht kampflos überlassen werde. Ich liebe Emma und werde es ihr beweisen.«

Seans Gesicht ist mir so nahe, dass sich unsere Nasenspitzen fast berühren. »Ernsthaft?«, fragt er nach.

Ich nicke stumm.

»Na dann, big brother. Wir werden sehen, für welchen Coleman sie sich entscheidet.«

KAPITEL 24

Sean

»Bla … bla bla bla … bla bla bla.« Das ist auch schon alles, was von dem Mann vorne am Podest zu mir durchdringt. Wie erwartet ist der Kongress über *Die Zukunft des Marketings in Amerika* sterbenslangweilig. Nichts dabei, was ich nicht bereits gehört hätte.

Auch von den Kollegen sind nicht wirklich bekannte Gesichter darunter – außer meinem Kumpel Rick, der ein Büro in Savannah betreibt. Und als wäre ich nicht schon genervt genug, schaue ich permanent auf mein Handy, in der Hoffnung, Emma würde sich melden. Doch keine Nachricht, keine Mail, kein Anruf.

Mir ist mulmig zumute, dass sie das ganze Wochenende mit Liam verbringt. Schließlich müssen sie vorgeben, ein Paar zu sein, und obwohl ich beiden vertraue, habe ich Angst, dass Emmas Gefühle für Liam in den paar Tagen ungeahnt stark zurückkehren könnten. Außerdem vermute ich, dass auch Liam Emmas Charme nicht widerstehen kann und bei ihr schwach wird. Wie ich es werde, wenn sie in meiner Nähe ist.

Ich hätte auf diesen Kongress pfeifen sollen, aber Vater hat gemeint, dass ich nur so die Konkurrenz im Auge behalten könne. Schließlich reißt sich jeder um den neuen Rehbock-Deal. Ich wünschte trotzdem, ich hätte Emma begleiten können, letztendlich genieße ich schon lange jede Sekunde, die ich mit ihr verbringen kann. Schmunzelnd reibe ich mir das Kinn. *Wer hätte gedacht, dass ich mal eine feste Freundin haben und ernsthafte Gefühle für eine Frau entwickeln würde?*

Auf solchen Meetings habe ich bisher nie eine Nacht allein verbracht. Immer waren Frauen in der Nähe, die schnell alle Hüllen fallen ließen. Der Jagdinstinkt war groß, ich wollte sie alle!

Natürlich nur diejenigen mit Modelmaßen. Umso witziger ist es, dass genau eine Frau, die nicht diesem halbherzigen Beuteschema entspricht, mein Herz stiehlt. Ich liebe ihre Kurven, ihren pralle Oberweite, Emmas Knackarsch und ihre vollen Lippen. Mir gefällt es, dass sie mir Paroli bietet und nicht zu allem Ja und Amen sagt. Eine Frau, die mehr im Kopf hat als Make-up, Fashion und mein Geld.

Nach dem trockenen Vortrag strecke ich meine Glieder und sehe kurz auf mein Smartphone. Da klopft mir Rick schon auf die Schulter. »Coleman! Na, bist du auch im Sitzen eingeschlafen?« Er lacht laut auf, wobei sein Bierbauch auf und ab hüpft. Er ist zwar dick, hat jedoch viel Selbstvertrauen und Charme, sodass er bei Frauen genauso beliebt ist wie ich. Ich kenne ihn ewig, da unsere Väter befreundet sind.

»Nein, aber ich war kurz davor.«

»Na komm. Lass uns in die Bar gehen und uns volllaufen lassen.«

Da ich sowieso Däumchen drehen würde und Emma sich offenbar nicht meldet, sage ich zu und begleite ihn und ein paar Kollegen in die Hotelbar. Es herrscht heiteres Treiben, und das Lokal ist gut besucht.

Nach stundenlangen Saufgelagen und schlechten Witzen unter Kollegen sinkt meine Laune immer mehr. Sie hat sich, seit ich abgereist bin, nicht einmal gemeldet, und ich ahne Schlimmes. Ich kenne Emma – so tollpatschig, wie sie ist, hat sie sicher ihr Handy verloren oder einfach das Ladegerät vergessen mitzunehmen. Doch jetzt in meinem Rausch will ich nichts mehr, als sie in den Armen zu halten, ihre Nähe zu spüren und sie im Schlafzimmer um den Verstand zu bringen.

»Na, Coleman. Du warst schon mal besser in Form«, schimpft Rick und stellt mir noch ein Glas Whiskey Sour auf den Tisch.

»Ich bin einfach müde«, versuche ich abzulenken.

Sein Blick wird durchdringender, und er nähert sich mir, sodass die Kollegen nicht hören, was er sagt: »Ich weiß, dass es an einer Frau liegt.«

»Woher willst du das wissen?«

»Weil du wie ein verliebter Narr ständig auf dein Handy starrst und erwartest, dass es klingelt.«

Ich öffne den Mund, um zu antworten, als ich plötzlich eine Hand an meiner Schulter spüre. Ich drehe den Kopf zur Seite und blicke in ein Paar grüne Augen, die mich interessiert mustern. Eine schöne Frau Mitte zwanzig schenkt mir ein eindeutiges Lächeln und macht einen Schmollmund. Ihr blondes Haar fällt ihr über die Schultern, und das Kleid ist so eng, dass nicht mehr viel Platz für Fantasie bleibt. Diese Frau weiß, was sie will, und ich ahne, dass ich das Objekt ihrer Begierde bin.

»Kann ich Ihnen helfen?«, lalle ich unkontrolliert.

Sie stellt sich vor mich und reicht mir ihre Hand. »Caroline Ashton. Und Sie sind …?«

Ich ergreife ihre kleine Hand und schüttle sie. »Sean Coleman«, sage ich kurz und knapp. Ich habe einfach keine Lust auf Flirtereien.

»Ich muss gestehen, dass ich Sie schon den ganzen Abend beobachte«, flüstert sie in mein Ohr.

Ich muss zugeben, sie sieht wirklich heiß aus in diesem kurzen Fummel und war der Typ Frau, mit der ich es früher sofort krachen ließ. Aber jetzt schwirrt mir nur noch eine Frau im Kopf herum – *meine Emma*. Und die hält es nicht für nötig, sich zu melden. Wahrscheinlich liegt sie gerade mit Liam im Bett und lässt die Wände wackeln. *Dieses Biest!*

Die Eifersucht, gepaart mit meinem Alkoholspiegel, lässt mich wütend aufstehen und die Bar verlassen. Ich gehe durch die Drehtür und stehe vor dem Hotel. Die kalte Winterluft lässt mich wieder Herr meiner Gefühle werden, und ich atme tief durch. Ich greife nach dem Handy und wähle zum ersten Mal seit meiner Landung in Aspen Emmas Nummer. *Ich muss deine Stimme hören.*

Das Saufgelage war eine sehr schlechte Idee. Ich bin so verkatert, dass ich fast den Heimflug verpasst habe. Es ist genau halb sechs am frühen Morgen, als ich in meine Wohnung komme. Eigentlich habe ich ja gehofft, dass Emma im Bett auf mich wartet, aber das Schlafzimmer ist leer. Um den Gestank des Alkohols abzuwaschen, springe ich sofort unter die Dusche und heiße das warme Wasser willkommen.

Entspannt und wieder bester Laune steige ich aus der Duschkabine und wickle mir ein Handtuch um die Hüfte. *Emma ist bestimmt nur was dazwischengekommen. Ich sollte sie anrufen.*

Da läutet plötzlich die Türklingel. Mit gerunzelter Stirn drücke ich auf den Türöffner und staune nicht schlecht, als Liam vor mir steht. Überrascht bitte ich ihn herein, lasse ihn jedoch im Flur stehen, um mich erst einmal anzuziehen. Ich schnappe mir einen schwarzen Boss-Anzug mit passender Krawatte und binde sie mir, während ich ins Wohnzimmer gehe. *Bestimmt will er etwas auf dem Weg ins Büro besprechen. Immer das vorbildliche Arbeitstier.*

»Ich sage dir, Liam, dieser Kongress war ein Griff ins Klo. Nichts Interessantes, was wir nicht schon mal gehört hätten. Aber ich konnte in Erfahrung bringen, wer mit uns im Rennen um den Deal konkurriert.«

Mittlerweile stehe ich in der Wohnküche, doch Liam reagiert nicht. Auch nicht, als ich ihn beim Namen rufe – zweimal. Also nähere ich mich ihm und erkenne auch den Grund dafür. Er starrt auf das Foto von Emma und mir, das Aiden zu Neujahr von uns gemacht hat.

Sofort weiß ich, dass Emma der Grund für seinen Besuch ist. Etwas muss in Texas passiert sein. Mich zu dieser frühen Stunde aufzusuchen ist nicht seine Art. Und dass Emma sich nicht gemeldet hat, ist ebenfalls komisch.

Ich frage, was los ist, da platzt es direkt aus ihm heraus. Sofort beherrscht mich meine Eifersucht. *Wie kann er es wagen, sich an meine Freundin ranzumachen? Sie hat sich bereits für mich entschieden! Was bildet er sich ein, sie aus meinen Armen reißen zu wollen?*

Unsere Diskussion artet gefühlsüberladen schnell in einen heftigen Streit aus, und als er mich schließlich warnt, Emma für sich gewinnen zu wollen, glaube ich, es handele sich um einen schlechten Scherz.

»Ernsthaft?«

Mein Bruder gleicht einem Fremden und nicht dem unbeschwerten, friedvollen Liam. Nie haben wir uns um etwas oder jemanden gestritten, unser Frauengeschmack war dazu viel zu unterschiedlich.

Ich verstehe, wieso ihn Emma interessiert, aber sie ist die Richtige für mich. Wäre doch gelacht, wenn sie sich nicht erneut für mich entscheiden würde. Er nickt stumm und treibt meine Spiellaune auf den Höhepunkt.

»Na dann, big brother. Wir werden sehen, für welchen Coleman sie sich entscheidet. Ich werde es dir nicht leicht machen.«

»Das habe ich auch nicht erwartet.«

Mit diesen Worten macht er kehrt und verlässt eiligen Schrittes meine Wohnung. Ich atme tief durch und reibe mir mein müdes Gesicht. Nie hätte ich gedacht, dass Liam je zu meinem Nebenbuhler würde – und dann auch noch um Emma, nicht eines meiner damaligen Betthäschen. Mit rasendem Puls nähere ich mich dem Kaminsims, wo zuvor noch mein Bruder gestanden hat, und nehme den Bilderrahmen in die Hand.

Wie glücklich sie mich ansieht, und ihre Augen strahlen regelrecht. Sie ist die Meine, ich liebe sie, und ich werde sie niemals kampflos aufgeben. Liam kann es zwar versuchen, aber ich bin der geborene Gewinner und werde es ihm beweisen. *Wenn er Krieg will, kann er ihn haben!*